四河之畔 看阿里

西藏日报社/中共阿里地委宣传部 编

SI HE ZHI PAN
KAN A LI

XZCB 西藏人民出版社

图书在版编目 (CIP) 数据

四河之畔看阿里 / 西藏日报社，中共阿里地委宣传部编 . -- 拉萨：西藏人民出版社，2024. -- ISBN 978-7-223-07910-5

Ⅰ . I25

中国国家版本馆 CIP 数据核字第 2024PR6887 号

四河之畔看阿里

编　者	西藏日报社　中共阿里地委宣传部
责任编辑	张慧霞　缪　攀
封面设计	李　峰
版式设计	周正权
责任印制	缪　攀
出版发行	西藏人民出版社（拉萨市林廓北路 20 号）
印　刷	拉萨市明鑫印刷有限公司
开　本	787mm × 960mm　1/16
印　张	13.875
字　数	170 千
版　次	2025 年 3 月第 1 版
印　次	2025 年 3 月第 1 次印刷
印　数	01–1,500
书　号	ISBN 978-7-223-07910-5
定　价	56.00 元

本书编委会

阿里地区四河标示图

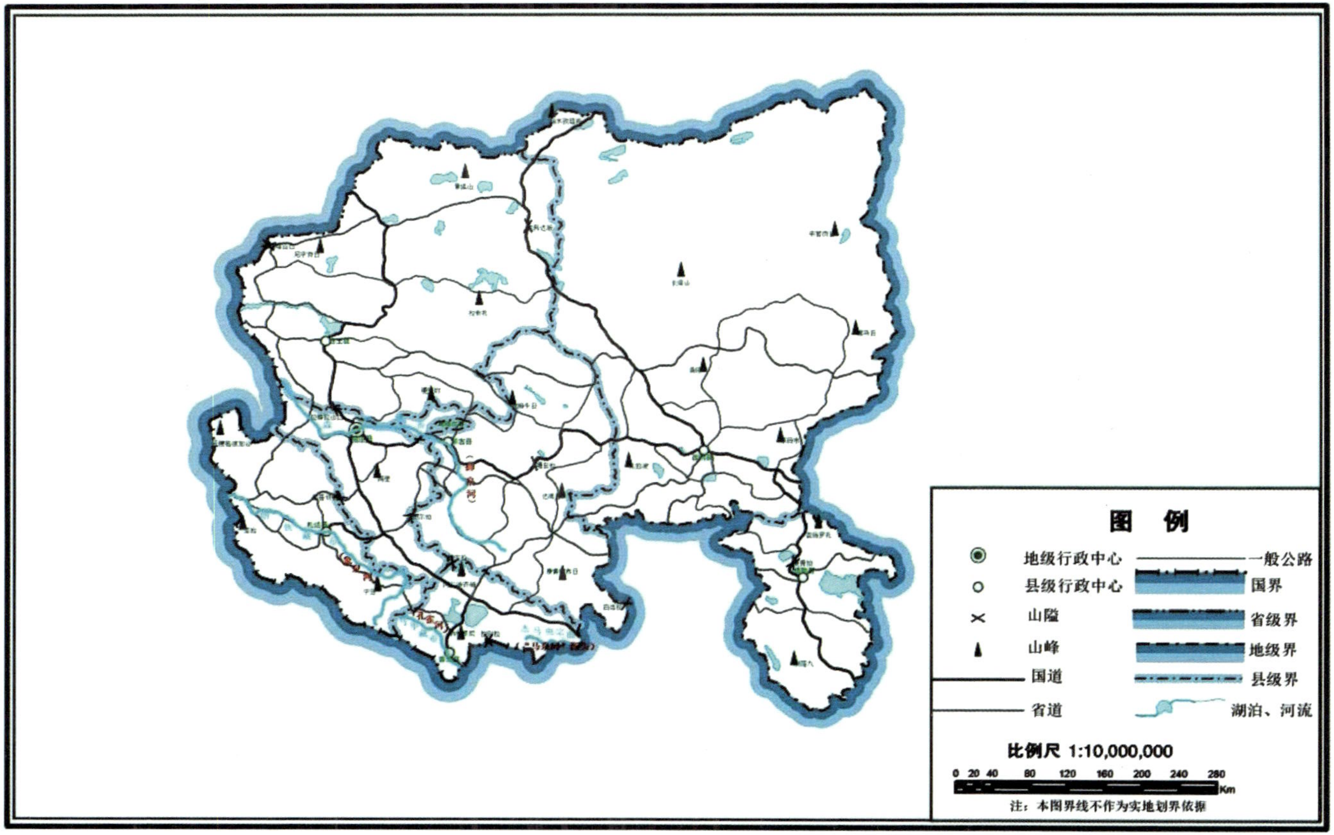

编 号：藏S（2024）033号

序　言

四河润泽，秘境阿里。

西藏自治区阿里地区，幅员辽阔、山河壮丽、历史辉煌、人杰地灵，冈仁波齐巍然矗立，见证亘古的传说；玛旁雍错碧波荡漾，倒影千年的风雪，曾被誉为“世界屋脊的屋脊”。

而发源于岗底斯山脉的狮泉河、象泉河、孔雀河、马泉河四大河流，在阿里高原上奔腾辗转数千公里，滋养了这片 34 万平方公里的高天厚土和生活其间的 14 万各族人民。它们既是阿里人民的母亲河，也是阿里高原的见证者，见证着这片土地在中国共产党的领导下，西藏自治区成立 60 年以来，发生的短短几十年、跨越上千年的沧桑巨变。

近年来，在以王君正书记为班长的自治区党委的坚强领导下，阿里地委始终坚持以习近平新时代中国特色社会主义思想为指导，贯彻落实习近平总书记关于西藏工作的重要指示和新时代党的治藏方略，深入贯彻党的二十大、二十届二中、三中全会和中央经济工作会议精神，贯彻落实自治区第十次党代会、区党委十届七次全会暨区党委经济工作会议精神，坚持稳中求进工作总基调，大力实施“八提”行动，推动实现“八新”目标，有力推动了阿里地区长治久安和高质量发展，奋力谱写了中国式现代化阿里新篇章。

可以说，今天的阿里，政通人和、百业兴盛；今天的阿里，边境巩固，百姓安康；今天的阿里，正处于历史上最好的发展时期，正以勃发的姿态和昂扬的精神屹立在雪域高原的最西端，笃定而坚实地做好了一切准备，迎接着必将到来的辉煌盛世！

为了铭记历史，记录今朝，展望未来，以实际行动贯彻落实党的二十大精神，总结归纳阿里地区"十四五"发展成就，喜迎西藏自治区成立60周年大庆，中共阿里地委宣传部与西藏日报社于2023年联合启动了"四河之畔看阿里"系列大型采访报道活动。

阿里地委宣传部精心谋划、周密部署，科学设计采访路线，组织各方力量配合参与，从衣食住行各方面有力保障了采访活动的顺利开展。

西藏日报社派出由2名副总编辑带队的3路采访组、近十名骨干记者进行采访，从四大河流的源头开始顺流而下，逐一探访河流沿岸的行政村，期间翻越冰川大山、穿过草原戈壁、饱受风霜雨雪，经历了无人区沼泽陷车、徒步海拔超过5000米的马泉河源头冰川、险遭野牦牛攻击等诸多艰险困苦，行程数千公里，历时一年有余，形成了32篇稿件和4篇源头纪行，并在西藏日报报纸的重要版面以及全媒体平台的醒目位置以专栏形式刊出，受到了广大读者的一致好评，最终集结成此书。

本书稿件既有对风土人情的细腻描写，也有对历史文化的传承记录，既有对发展变迁的翔实报道，也有对典型人物的生动刻画，既是新闻报道，也是游记散文，具有极高的可读性和文学性。

读罢此书，可以令人足不出户，就能一窥阿里地区基层全貌，一幅经济社会高质量发展、在"四个创建"中奋勇争先、百姓安居乐业致富有道、乡村振兴宜居宜业的和美画卷就此徐徐展开。

60年不忘初心砥砺奋进，60年风雨同舟携手奋进，从"世界屋脊"到"西部明珠"，我们是何等的幸运，能够见证这个伟大的时代。

目　录

源头纪行之狮泉河

时值盛夏，藏西高原一年之中最好的季节。初绿的草原，带着青葱的气息，温暖每一个旅人的心。

早晨9时，记者一行13人、3辆车从革吉县城出发，一路向着西南方向的冈底斯山脉行驶。天空万里无云，远山如眉。

从县城出来行驶了短短几公里的柏油路后，笔者一行便开始了一段长达160余公里的颠簸砂石路程，加之路况复杂，车子只能缓缓前行。

好在一路上，壮美的草原风光和不时蹿出的藏野驴缓解了笔者旅途的疲乏。

更令人惊喜的是，途中还偶遇了十余只野牦牛，它们壮硕的身影在无垠的草原上格外醒目。同行队伍里的塔杰飞起了无人机，让笔者第一次从航拍中见识到了成群的野牦牛。据同行的村干部桑巴说，这里已经是无人区了，所以才会看到野牦牛群，平时连遇见一头野牦牛也算很稀奇的事儿了。

“你们运气真好！”桑巴开心地对笔者说道。

随后，笔者又偶遇了国家二级重点保护野生动物——岩羊，只见头羊带着十余只岩羊，如精灵般在悬崖和山坡上辗转腾挪，灰褐色的羊毛与山地背景完美地融合在一起，稍不注意就会忽视。

也许是因为这里很少有人类的到来，岩羊看到车子也不惊慌逃跑，还停下脚步，回过头来向我们张望。

行驶了近 5 个小时，翻过数座小山、淌过源头处的狮泉河后，笔者终于在革吉县康巴列村与普兰县相邻处看到了狮泉河源头——在黄褐色的荒原腹地，源头处苍翠的绿意格外醒目，形成了一小片草甸状湿地，清凉的狮泉河水在草甸间缓缓流动。

“右侧这块巨大的裸岩像‘狮子张口’造型，在其底部有清冽泉水渗出，故而得名狮泉河。从这里发源后，狮泉河自东向西流经革吉县至噶尔县扎西岗乡典角村，继而流出我国，流入印控克什米尔地区。”桑巴向我们介绍道。

返回县城的途中，高原天气仿佛哭闹的孩子，一会儿下起冰雹，一会儿下起细雨，随后又出现了绚烂的彩虹。其间，同行的一辆车在淌过河水时熄火，尝试多次启动无果后，我们只能把它留在河畔，返回县城后再联系拖车。

狮泉河的源头。永青 摄

狮泉河源头附近的草原风光。 永青 摄

见过狮泉河下游海鸥翱翔的人很多，但到过她纤细羸弱的源头的人寥寥无几。谁能想象，作为阿里地区四大河流中长度和流域面积第一的狮泉河，竟源于这一汪看似不起眼的泉水中。

仿若我们的人生，决定将来成就和高度的，不是出生的平凡，而是后天的努力。

（永青）

狮泉河。洛桑旦增 摄

康巴列：“狮口喷涌”吐锦绣

在革吉县康巴列村，记者一行找到了狮泉河的源头。

狮泉河，藏语名为森格藏布，全长405公里，源头位于革吉县康巴列村与普兰县相邻处的一块巨大裸岩内，因岩石状如“狮子张口”造型，且岩石缝隙中时时有清冽泉水渗出，故得名“狮泉河”。也因此，她还有个更贴切的名字：森格喀波，即“狮口喷涌”。

作为阿里人民的母亲河，狮泉河流域范围遍布阿里大部，她从源头流出，汇成一条小溪后，水势渐猛，一路蜿蜒北上，奔驰百余公里后转而向西，经革吉镇到狮泉河盆地，在噶尔县扎西岗乡附近与支流噶尔藏布汇合，再从噶尔县典角村与典角曲交汇后流入拉达克地区。

很难想象，气势磅礴、汹涌澎湃的狮泉河，其源头竟暗藏于岩洞中！

康巴，系一种藏香原料；康巴列，藏语意为“长着康巴草的羊圈”。康巴列村位于革吉县西南，距离县城约120公里。村子面积很大，记者驱车沿着狮泉河行驶了几个钟头，穿桥涉水不下七八处，才到达村委会。

在党的光辉照耀下，近年来，康巴列村焕发出勃勃生机，牧民或依靠勤劳智慧、或凭借搬迁优势、或仰赖自身本领，逐渐奔向致富的康庄大道，如同狮子口吐绣球般，结出五彩斑斓的锦绣前程。

康巴列村党群活动中心。何慧忠　**摄**

益西确培的致富经

在秋阳高照的措美龙湖畔，记者见到了益西确培一家。此时，他和家人正在秋季牧场临时搭建的帐篷里煮茶，有说有笑；一旁的时风牌货车上，摆满了各类商品，不时有附近牧民前来光顾。

“现在是放牧、经商两不误，与从前大不一样。一年仅卖货的利润，就达到 4 万多元。”见到记者，益西确培难掩激动的心情。

结婚前，益西确培的生活可不是这样：一家七口挤在两间 30 多平方米的房子里，每年仅靠冬宰时节出售畜产品赚点钱，生活说不上艰难，但也没啥盼头。

2016 年结婚后，为了让生活变得更好，身为革吉县政协委员的益西确培，利用经常外出考察的机会，学得了一些经商理念，渐渐萌生创业的想法。“考虑到牧民流动放牧、没空去县里购物的实际情况，我决定开一间小卖部。”他说。

说干就干。益西确培看准了这一商机，与妻子商量后，通过农行小额无息贷款政策，贷款7万元买了一辆皮卡车，小卖部就这样开起来了。

平时，小卖部固定开在冬季牧场的家里，遇到转场，益西确培就开着装满货品的皮卡车，赶着自家的牛和羊，随牧民转移。“牧民在哪里、牧场转移到哪里，我们的店就开到哪里。”益西确培向记者介绍说，凭借物美价廉和诚信经营，他的生意越做越红火，收益每年递增。

而这座“流动的小卖部”，在满足当地群众需求的同时，也给益西确培一家的生活带来明显变化：2018年，为了扩大规模，益西确培购置了一辆新货车，经营品种更多、货容量也更大；2019年夏，夫妻俩拿出积蓄，盖了40多平方米的新住房、占地40平方米的商店，家具、货架也是新置的……

益西确培创业的故事，让很多人刮目相看，还引得几位青年前来取经。他也乐意“传经授宝”，还谦虚地说：“这可不是我的功劳，只能说明大家都有创业的想法。”

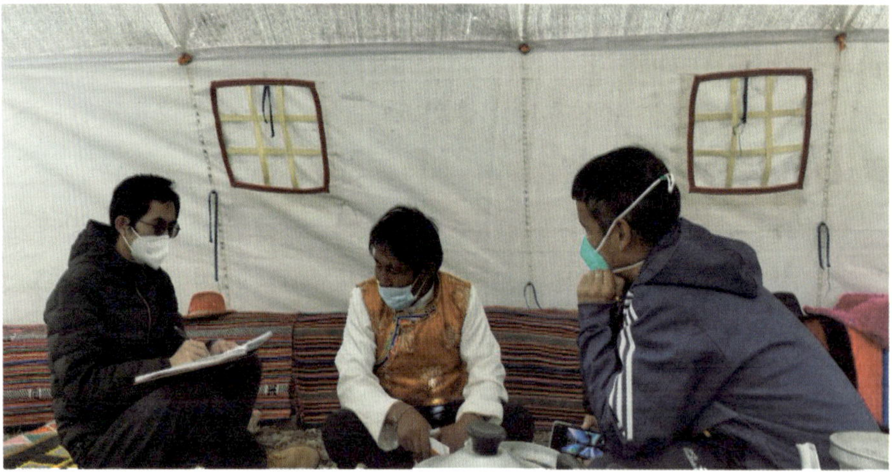

益西确培（中）接受西藏日报记者采访。查果 摄

思达“搬迁后”的新生活

走进位于革吉县福康社区的思达家，记者惊奇地发现，干净、整洁，是这个家庭最鲜明的特色。

原来，思达每天起床后的第一件事，就是把屋子里里外外打扫一遍。长达 8 米的藏式组合柜，擦拭一遍下来，都要十多分钟，但她乐此不疲。墙上挂着的一面印有“家庭卫生优秀”字样的流动红旗，是对她的最大褒奖。

自小就是孤儿，思达的童年是在亲戚家轮流借宿中度过的，这也让她养成了吃苦耐劳的品性。十多岁的时候，思达独自到拉萨打工，学会了简单的厨艺，挣得一份不多的薪水。更重要的是，她通过姐姐、姐夫，认识了后来的丈夫罗布。

2016 年底，通过精准识别，县里组织思达一家搬进了福康社区。按照每人 25 平方米的标准，思达一家三口分到一套 75 平方米的房子。“这 75 平方米，不包括暖廊、仓库和院子，如果全部加起来，则超过 120 平方米。”思达补充道。

2017 年，随着脱贫攻坚工作深入推进，阿里各县的基础设施建设紧锣密鼓地开展，各种就业岗位也纷纷“袭”来。通过考察，拥有装载机驾驶技能的罗布发现各工地紧缺机工，便贷款买了一辆装载机。几年来，罗布开着装载机，不辞辛苦奔忙于各个施工场地，凭借价格公道、办事诚恳，很快拉到不少订单，每年收入都在 4 万元以上。

2022 年年初，思达在儿子益西曲扎所在的革吉县完全小学找到一份厨师的工作，月薪 2300 元。“既可以照顾小孩，还能挣到一份工资，很满足。”说着，思达腼腆地笑了。

思达新家室内一角。张宇 **摄**

在福康社区，像思达这样的搬迁户，共有186户520人，他们不仅在这里搬得进、住得下，还实现了能就业、稳得住。“每年，社区居委会都会组织群众参加各类培训。”革吉县革吉镇党委书记阿旺介绍，仅2021年，福康社区实现固定就业41人、自主创业13人；组织群众参加各类劳务输出168人次，创收近20万元。

次旺南加的创业路

生态岗位国家补贴，是牧区群众一项重要收入来源。但次旺南加却不以为意：“天天靠国家政策，没什么意思。”

2009年，年仅20岁的次旺南加，揣着一点资金走出草原，开启了他对外部世界的探索。“在牧区，填饱肚子没问题，但出来闯事业，就要依靠智慧和双手，达到小康社会的标准。”说起当年的“出走”，次旺南加不假思索地说道。

做点什么呢？次旺南加起初没有主意。他向有经验的商人请教后，在冈仁波齐山脚租了几间房子，做起了小旅馆的生意，当年就赚了20多万元。

尝到甜头的次旺南加又瞅准了县城一个好地段，开了一家小卖部，生活算是稳定下来。同时，在开店那几年，他还学会了裁缝的手艺。

在位于革吉县城盐湖路一家裁缝店内，次旺南加热情地招呼记者进店参观。店面虽不大，但干净整洁，新做好的藏装整齐地挂在墙上，各类手工艺品有序地摆在桌上，缝纫机也被擦拭过，像新的一样。

2015年，作为村里的致富能手，次旺南加被吸收入党。想到自己多年在外闯荡，对家乡贡献不大，且裁缝店缺少帮手，于是他积极动员牧民群众来店里打工。松觉便是其中之一。

松觉今年36岁，既无牲畜又无技能，只能常年在外打零工，工作极不稳定。2022年3月，他下定决心来裁缝店学艺，仅半年多光景，便可独立制作各类服饰。“这里待遇好，工作也轻松，还能学到一门手艺，于是我决定留下来啦。”谈到这份工作，松觉心里充满感激。

在康巴列，不少牧民如赞琼、党曲、嘎玛等人，也常常利用农闲时间来裁缝店打工创收——次旺南加的帮扶名单，可以列出长长的一串。

次旺南加外出闯事业的经历，只是近年来康巴列牧民转变就业方式的一个缩影。据康巴列村主任张建荣介绍，群众近年干事创业的积极性很高，30多人常年外出务工或经商，占全村劳动力的12%以上。

乡村今昔巨变，大河无声见证。狮泉河卷着浪花，继续汩汩向前，如一首悠扬而激荡的交响曲，这是对康巴列村今日幸福生活景象的最好注脚。

（张宇 益西加措 永青 陈荷花 何慧忠）

芒拉：草原深处笑声欢

阿里地区革吉县城出发，朝西南方向行驶，记者一行来到距狮泉河源头 90 公里的革吉县革吉镇芒拉村。只见源头段清澈的狮泉河从村子中间缓缓流过，滋润着这里的每一寸土地，养育着这里的人们，见证记录着芒拉村的发展变化。

芒拉村，平均海拔 4900 米，是个纯牧业村。近年来，在党和国家的政策扶持下，芒拉村立足本地资源优势，大力发展畜牧养殖产业，绘就了一幅群众安居乐业、增收致富的乡村振兴新画卷。

在冬季草场里放牧的桑嘎卓玛。永青 摄

草原唱响新牧歌

走进芒拉村，只见穿过村庄的狮泉河已经结上了厚厚的冰层，折射出白色的光晕，在阳光下微微闪耀，两岸的草场在冬季褪去了绿色的外衣，取而代之的是一片金黄，一群牛羊正在悠闲地吃着草。

村里的统战委员嘎玛贡布向记者一行介绍说："我们世代都是以放牧为生，芒拉村是一个纯牧业村，全村草场承包面积有162万亩、牲畜1.2万只（头、匹），过去，村集体收入主要也是依靠传统的畜牧业。"

但传统的小规模分散养殖，无法提升牧民群众的生活质量。于是，2015年，芒拉村成立了集体经济合作社，全村共计132户523人全部参与入股，打造商品房出租和绵羊短期育肥基地两项产业。群众通过在合作社里参与务工、年底领取分红的方式，不仅提高了收入，也解放了劳动力。

"芒拉村产业结构比较单一，也没有其他显著的特色优势，所以继续发展壮大合作社就是我们村实现乡村振兴的最好途径。"嘎玛贡布说道。

2018年，在村"两委"班子和驻村工作队的努力下，芒拉村争取到阿里地区脱贫攻坚相关项目资金75万元，成立了牦牛短期育肥基地，以"合作社＋贫困户＋牧民"的运行模式，2022年出栏28头、出售奶渣和酥油55斤，收益26万多元。随着芒拉村集体经济的不断发展壮大，村民的获得感和幸福感也在不断增强。

在冬季草场上，记者见到了正在放牧的桑嘎卓玛，她高兴地说道："这些都是咱们村合作社的牦牛，我们给合作社放牧、挤奶、制作酥油和奶渣，不仅有务工补贴，年底还能分红。去年，我们家总收入有近7万元，

桑嘎卓玛正在给合作社的牦牛挤奶。永青　**摄**

日子真是越过越有盼头了。”

巴多的幸福生活

今年 63 岁的巴多，是芒拉村一组的村民。当记者来到他家时，正值牧区新年的第 9 天，只见他家客厅茶几上摆着各种零食和饮料，巴多的老伴儿翻出手机，激动地给我们看前几日家里亲朋欢聚的视频。

“以前我们住的是帐篷，用的是油灯或汽灯；条件好些后，住进了 30 多平方米的土坯房，用上了光伏电；之后房子进行了好几次翻修和扩建，村里也通上了国家电网，家乡的变化可谓是翻天覆地。”巴多告诉记者。

在巴多的记忆里，过去住的土坯房低矮狭小，人必须弯下腰才能进出。近年来，在党和国家的关心关怀下，2017 年，芒拉村实施了安居房建设项目，村里不少人住进了新房子。

“我家的安居房是由石木结构建造，住房面积有 60 多平方米，之后拿出一些积蓄，扩建了暖廊和一个仓库，现在房屋总面积有 90 多平方米，住着既宽敞又舒心。”巴多高兴地说。

此外，巴多不仅是村里的宣传委员、革吉镇人大代表，还是一名基层农牧民宣讲员。这些年来，巴多多次前往革吉县、阿里地区和拉萨等地进行培训和学习，努力提高自己的宣讲水平。2023 年，他一共开展了 14 场次的宣讲，圆满完成了宣讲任务。

“我自己没上过学，吃过没文化的亏，所以我很清楚上学的重要性，把家里的 5 个孩子全部送进了学校。在日常宣讲中，我除了给群众讲解国家政策、民族团结等方面的内容外，还不忘教育孩子们要好好学习，通过知识改变自己的命运，将来为家乡发展作贡献。”巴多告诉记者。

巴多在新房里烧水煮茶。永青　摄

加措一家的致富路

在芒拉村村头，记者看到了加措开的商店和茶馆，里面有不少人正在喝茶、吃饭，喜欢运动的则在忙着打台球，一派其乐融融的景象，老板加措则在一旁笑呵呵地迎来送往。

“我们家有 5 口人，以前只能靠放牧维持生计，现在在村里开了茶馆和商店，一年能有十几万元的收入，日子越过越红火了。”加措难掩激动心情。

谈起创业的想法，加措说是受他大儿子桑杰的启发。当时，儿子桑杰说：“村里日常休闲娱乐的地方不多，如果家里开茶馆，一定会受村民们的欢迎。”于是，2019 年，加措与妻子商量后拿出家中 1.5 万元积蓄，开起了茶馆。

“我家茶馆供应肉包子、羊肉汤和砂锅等小吃，白天是茶馆，晚上是小酒馆，除了我们芒拉村村民，附近的村民也喜欢来这里。”加措说，“现在茶馆的生意做得越来越红火，收益也越来越好了。”

看到父亲的创业成果，儿子桑杰也萌生了创业的想法。2020 年，他从阿里地区中等职业技术学校毕业后，争取到阿里地区人社局的创业补助 6 万元，回到村里也开了一家商店。

麻雀虽小，五脏俱全。商店里小到针线，大到民族服饰一应俱全，不仅满足了当地群众的生活需求，同时也给加措一家增加了收入。

加措一家在成功创业致富后，总想着为村里人做点实事。在他家的茶馆里现在有两名芒拉村村民就业，次珍便是其中之一。“我在这里当厨师已经有两个月了，每月有 2000 元的固定工资，之前我还去过阿里地区参加厨师培训，不仅学会了一门技艺，也能在家门口就业，实在是太好了。”次珍说道。

在加措的茶馆里，村民们的欢笑声此起彼伏，好不热闹，彰显着芒拉村日益美好的幸福生活，预示着更加美好的未来。

（永青 温凯 洛桑旦增 达珍）

森布：牧歌悠扬传四方

六月的革吉县革吉镇森布村，天高气爽，微风吹过狮泉河面，拂动了草原上的小草，唤醒了沉睡一个冬天的母亲河。草甸上星星点点的羊群像一个个跳跃的音符，奏响了充满活力的幸福乐章。

森布村平均海拔 4700 米，草场面积 340 万亩，全村牲畜存栏总数 25275（只）头，属于纯牧业村。近年来，森布村产业快速发展，人居环境极大改善，牧民生活水平不断提高，幸福洋溢在村民们的脸上。

白玛：赶着牛羊奔小康

走进森布村二组那贡姆牧业点的绵羊短期育肥基地，只见牧民正把一只只膘肥体壮的羊拴起来。一时间，羊叫声、吆喝声在羊圈里交汇成了一支别有韵味的“牧羊曲”。

“以前合作社里没成立短期育肥项目时，村里牲畜出栏率普遍偏低，经济效益也不怎么好。”森布村绵羊短期育肥基地负责人白玛介绍说，“现在，你们看到的这些羊基本上喂 5 个月就可以出栏，体型更大，肉产量更高，到市场上也能卖个好价钱。”

说到森布村的绵羊短期育肥项目，就不得不提白玛养殖致富的故事。

今年 53 岁的白玛是地地道道的牧民，从小就和牛羊打交道，头脑灵活的他一有闲暇时间就琢磨怎样才能把自家牛羊养好，让家里过上更好的生活。

2008 年，白玛得知白山羊绒受市场欢迎后，他毫不犹豫地把自家 600 多只绵羊换成了白绒山羊，潜心钻研白绒山羊的养殖技术。通过一家人的勤劳苦干，第一年，白玛家仅出售羊绒就增收了 3 万余元。

“虽然那两年卖羊绒赚到不少钱，但是饲养白绒山羊需要精细管理，投入的时间精力更多，而我们家里人手不够用，便没再继续养白绒山羊了。”白玛回忆道。

2011 年，白玛又将心思重新投入到了绵羊养殖中。把先前的白绒山羊跟村里人交换后，重新饲养了 500 只绵羊，又挣了一笔钱。最近几年，眼瞅着牦牛养殖利润丰厚，白玛再次果断地饲养起了牦牛，现在家里牦牛有上百头。

这些年来，白玛凭着一股闯劲韧劲和对牧业发展的敏锐“嗅觉”，把牛羊养殖做得越来越好，连续几年牧业收入超过 10 万元，成为远近

森布村绵羊短期育肥基地，牧民正在把羊拴起来。永青 **摄**

闻名的养殖大户。

“虽然自己富裕了，但不能忘了乡亲们，得带着他们一起奔小康。”白玛如是说道，“村合作社建成绵羊短期育肥基地和牦牛短期育肥项目后，让我当负责人。想着能用自己的养殖经验来帮助乡亲们致富，我就立马答应了。”

据白玛介绍，森布村绵羊短期育肥基地成立于2019年，占地面积约1000平方米，有3座羊圈及1间牧工住房；牦牛短期育肥项目于2022年投入使用；2023年，合作社通过直供给单位、学校，以及参加阿里地区农畜产品交易会等销售渠道，出售绵羊20只、牦牛21头，利润用于向全村群众分红。

“现在我们这两个项目还处于起步阶段，相信以后会越来越好，让群众实实在在地增加更多收入。”白玛自信地说道。

占堆：为民服务不停歇

在森布村合作社便民批发商店，记者看到面积不大的小店货架上摆满了琳琅满目的商品，从柴米油盐到糌粑、零食、饮料等应有尽有。前来购物的村民们进进出出，销售员占堆忙得不亦乐乎。

出生于1963年的占堆，是土生土长的森布村人，也是有着30余年党龄的老党员。20岁时，占堆有幸通过培训成了村里的一名兽医，接下来，他又先后担任过村会计、村团支部书记、村委会主任、村党支部书记等职务。直到退休，他在村干部的岗位上干了27年，有着良好的口碑。

2023年，森布村合作社开设便民批发商店，需要一名值得信赖的销售员。占堆被群众和村干部一致推选为商店销售员，他没有推辞，立刻走马上任。

森布村合作社便民批发商店销售员占堆。永青 摄

“我是一名老党员、老干部，只要村民需要，我就义不容辞。当时村里让我当销售员，想都没想就答应了。”占堆告诉记者。

据森布村党支部书记班旦介绍，在县政府和驻村工作队的大力支持下，投资165万元的村合作社商品房于2023年6月建成并投入使用。该商品房面积达322平方米，共有7间房。目前，两间为村合作便民批发商店和仓库，其余5间出租成茶馆，一年租金达6万元。

“这家商店自去年6月底开业以来，村里的干部到拉萨进货了9次，货物购进价值共计32万元，目前营业还没满一年，所以还没有结算。”班旦说，“占堆在商店担任销售员，每月只有1500元的工资，但他却放弃其他工作机会，来为群众服务，大家都很感激他。”

占堆家里有3口人，他的老伴今年也已经60岁了，还要在家照顾

30 岁的残障儿子，一家人的生活全靠占堆一个人维持。卸任村干部后的十几年来，占堆一直努力奋斗，在养护段当过驾驶员，在工地上开过大车，也在砖厂里打过工。

此外，占堆还是森布村人民调解委员会的一名调解员，村里哪里有纠纷，哪里就有他的身影。2021 年至今，他以丰富的经验和强烈的工作责任感，累计为森布村群众调解婚姻、草场区域划分等纠纷 50 余起。2023 年，占堆被司法部授予“全国模范人民调解员”称号。

无论是过去，还是现在，在每个森布村群众需要他的地方，都能见到占堆的身影，他用勤恳与踏实保持着共产党员的初心本色，在有生之年也将继续发挥余热。

贵桑：搬出幸福新生活

“森布村共有 294 户 1055 人，其中 38 户易地搬迁到了革吉镇福康社区、3 户易地搬迁到了狮泉河镇康乐新居。在党和政府的帮助下，这些搬迁户的日子过得风生水起。”班旦介绍道。

贵桑一家，就是在 2016 年搬进了康乐新居的 3 户人家之一。

记者来到贵桑家里时，很难相信他家曾经是建档立卡贫困户，不仅家具家电应有尽有，墙壁、地面和暖廊也进行了精致装修，小康气息扑面而来。

贵桑在小时候父母就去世了。在未成年之前，他一直寄宿在亲戚家里，帮忙放牧。过了 18 岁，他只身一人来到革吉县城找工作，先后在武装部当过门卫、在环卫公司当过监督员、在学校当过后勤、在政府大院里当过烧煤工，后来顺利成了家。

“我家有 7 口人，其中 5 个小孩，在没搬到这里之前，妻子需要在

搬迁到狮泉河镇康乐新居的森布村群众贵桑看着自家房屋，脸上满是幸福的笑容。永青　摄

家照顾孩子，家里主要收入来源就是我在县城打工挣来的微薄工资，一家人的日子确实过得紧巴巴的。”贵桑回忆道，“2014 年，我遭遇交通事故，一条腿受到严重损伤，可以说是雪上加霜。”

好在 2016 年，在革吉县委、县政府的安排下，他们一家搬进了康乐新居。

“在这里，不仅有功能完善的村级活动场所、幼儿园、物业管理中心、商铺等配套设施，家里的水电暖也都一应俱全，让我们实现了从牧区到城市、从贫困到小康的跨越。”贵桑告诉记者。

搬进新家后，贵桑夫妻俩也努力探寻增收渠道以改善家庭条件，借助在城里的便利条件，贵桑做起了传统手工艺品生意，还开了视频直播带货；妻子则开了茶馆，一家人的生活可谓芝麻开花节节高。

“现在，我们家收入好的时候，加上村里的分红以及其他政策性补贴，一年收入有15万元，日子真是越过越有盼头了。”贵桑乐呵呵地说道。

致富路越走越宽，小康景越来越美，森布村恬静惬意的美好生活正在给乡村振兴的美丽画卷勾线着色。

（永青 温凯 洛桑旦增 达珍）

那普：草原深处幸福歌

那普，藏语意为“形似鼻孔的山洞”，是社区不远处一座山的名字。狮泉河从冈仁波齐峰北侧冰川湖一路蜿蜒北上，流经那普社区后水势渐缓，形成一段长达 13 公里的地下暗河，至不远处的那普山脚流出。

每年 7 月至 9 月，河岸附近的冰川融水，沿着山沟倾泻而下，不仅

阿里采访组在那普社区采访

填补了狮泉河的断流，还与那普山脚下暗河出水口交汇，形成一股强劲水势，滋养了周边广阔的草原。当地牧民看到这种景象，便会情不自禁地说：“又是一个丰年！”

千百年来，那普人在这片水草丰美的土地上世代居住、繁衍生息。如今踏进这片热土，新时代的气息扑面而来，正如不远处奋力奔涌的狮泉河，奏响着乡村振兴的时代赞歌。

产业带来好生活

阿里的盛夏，迎来了草原久违的欢乐时光。记者一行走进革吉镇那普社区居委会，探访这里依托产业发展带来的好生活。

接待记者的社区党支部书记占堆，是一位年近六旬的老者。他穿一身华丽的藏装，笑盈盈地迎接我们；一旁的黄色皮卡车，满载着他近一年积攒下的牛羊毛绒，准备运往附近的畜产品收购点。

记者一行人跟随占堆，来到革吉县畜产品收购点。小小的院子，早已被各种货车围得水泄不通，群众从各自车上卸下牛羊毛绒，运到交易大厅，过秤、登记、核算、签字、领钱，收购流程有条不紊。

交易完的牧民乐开了花，纷纷清点着手中的钞票。占堆家今年卖出羊绒11.8斤、羊毛45斤、牛绒142.8斤，拿到了5400多元。他告诉记者，过去没有集体产业的时候，这些曾是群众唯一的收入来源，所以这一天还被称为“丰收日”。

不过，那普社区的“丰收日”越来越多了。

那普社区属纯牧区，牧民多以“靠天养畜”为生，无额外收入来源，不少年轻人走出草原打工，除去吃住开支，往往所剩无几，家庭经济仍较为困难。

近年来，随着革吉县城镇化规模不断扩大，基础设施建设对砂石等原材料和劳动力的需求与日俱增。“狮泉河畔，天然形成的河砂，正是上好的建筑原料。”身为致富带头人的占堆心里一盘算，因地制宜的致富门路有了。

2009 年 4 月，革吉县 67.5 万元扶贫专项资金甫一到位，那普社区砂厂就迅速开工投产，订单不断增加。同年 8 月，总投资 45.8 万元的砖厂也投入运营，还组建起了牧民施工队，承包了县里不少工程项目。这几年，社区又不失时机，先后发展牦牛养殖基地、商铺租赁、洗车场、茶馆等产业，不断壮大村级集体经济，也让群众的腰包越来越鼓。

“占堆书记真有远见，我们现在家门口务工，挣的钱一点不比外面少，还可照顾老人和孩子，心里也踏实。”富了口袋的社区居民如是评说道。

以“一砖”“一砂”为核心的集体产业，为当地带来了源源不断的福利：2017 年底，建档立卡贫困户 22 户 74 人摘帽，那普社区在全县率先退出贫困行列，带动社区 179 户 584 人投工投劳和分红，人均年收入超过万元。不少群众通过技能培训，成为建筑工人、服务员、司机，转移就业成果喜人……

和谐社区人人创

远远望去，那普社区宣传栏上，“平安创建第一村”几个大字格外醒目。

“全阿里地区只有两个平安村，咱们是其中之一。”占堆不无自豪地说。

据他介绍，过去，社区群众不谋发展大计，“等靠要”思想严重，年轻人多混迹于茶馆、酒吧，赌博、酗酒、斗殴等陋习时有发生——“靠着墙根晒太阳、等着扶贫奔小康”，就是当年社区的真实写照。

作为土生土长的那普人，且长期在基层工作，占堆对社区情况明、经验多，为群众调解了不少事，也树立了好口碑。2007 年被选为党支部书记后，他坚持产业发展、思想建设两手抓，紧紧围绕“建强组织抓平安、抓好平安强组织”目标，多次召开村民大会，宣讲党的惠民政策，还深入各小组开展“四讲四爱”宣讲，群众的思想观念得到转变。

2019 年，那普居委会占堆人民调解委员会（调解室）挂牌成立，作为负责人，占堆更忙了。“一定要依法调解、科学调解、合理调解。”他说。于是，《村规民约》等小册子、《民法典》等法律典籍，成了他不可或缺的案头工具书。

“占堆书记，我被打成这样，您快来评评理！”数月前，社区姑娘卓某与外来务工青年索某相识，并确立为恋人关系。但相处不久，两人因互相猜忌导致矛盾升级，进而大打出手，卓某周身多处受伤，还闹到了调解室。

占堆书记与社区“两委”成员第一时间“接案”，详细听取两人的陈词和诉求，并记录在案。充分了解情况后，占堆书记开始做思想工作，他善于抓住双方的陈述要点，“既不和稀泥，也不避重就轻”，而是注重摆事实、讲道理。经过一番调解，卓某、索某心服口服。

多年的调解经历，占堆书记逐渐总结出自己独特的调解方法：建立信任法、换位思考法、法治与德治相结合法、案例引导法。综合运用“调解四法”，他调解一起、成功一起，调解对象都心悦诚服，且无后续问题。

三年多来，那普社区始终以“强基础、保平安”为目标，充分发挥占堆调解室作用，狠抓“平安第一村”建设，调解案件呈逐年下降趋势。

如今，“有矛盾、找占堆”，已成为那普群众间的口头禅。而那普社区，

“共建共享、安定团结、平安和谐”的社会氛围已然形成，真正做到了“矛盾不上交”“小事不出社区”，成为远近闻名的“平安村”。

小康路上幸福长

擦拭一新的实木桌上，摆满了各种干果、糖果和饮品；干净整洁的藏式木柜上，五代领袖像以及努桑和孙子嘎玛次吉的各种荣誉和奖状整齐摆放——这是记者走进社区居民努桑家的第一印象。

这时，女主人次卓玛满脸笑容，拿着刚打好的酥油茶壶过来招呼我们；看到记者进门，嘎玛次吉好奇地打量了一番后，欢快地跑开了。

努桑今年60岁，曾长期在社区任村干部，也担任过村集体产业负

在那普社区居民努桑（左一）家里，努桑老人接受西藏日报记者张宇采访。益西加措 摄

责人。2021 年退居“二线”后，本该在家含饴弄孙、颐养天年的他，耐不住清闲生活，又谋得个“销售员”的岗位，每月有 3000 元收入。

“现在党和国家的政策越来越好了，生活在那普社区，很幸福！”努桑呷了一口酥油茶，开门见山向采访组说起他两次搬家的故事——

2005 年以前，同其他牧民一样，努桑一家人挤在牧区狭窄的帐篷里，且居无定所，经常要随着牧场迁徙而转移，费时费力；

2005 年前后，革吉县实施城镇安居工程项目，努桑家分到一个 60 平方米的房子，但因年久失修，房顶油毡渐渐破损，经常漏风漏雨，冬天特别受累；

2021 年底，通过拆旧建新政策，努桑家的房子经改扩建后，从阴暗狭小的 60 平方米扩大到宽敞明亮的 120 多平方米。

“室内造型和柜子都是新做的，卧室在隔壁，同样很宽大。”努桑指着房屋的每个角落介绍道，言语中充满愉悦。

日子安逸了，努桑一家的生活也丰富起来，养花种草、跳锅庄、散步，已成为他们家生活的调味剂。记者看到，窗台上，一排长势甚好的绿植，正沐浴着暖阳尽情生长，从那挺拔的姿态就可看出，一定是经过了屋主人的精心修剪。

临别之际，记者给桑努一家算了笔账：草场补贴一年 2.19 万元、生态岗位补贴每年 0.3 万元，两个门面房出租，每月租金就有 700 元，再加上努桑的年薪 3.6 万元。“你们一家 3 口，一年总收入就超过 6 万元！”记者开心地告诉努桑。

努桑家的生活变迁，只是那普社区越来越多依靠国家政策和勤劳双手富裕起来的牧民家庭的一个缩影。嘎玛扎西、扎西顿珠、普布多杰……在那普社区，像努桑家一样致富起来的家庭名单，还可以列出长长的一串。

而记者更加坚信，那普社区这一首悠远绵长的幸福之歌，将继续伴着狮泉河的滚滚涛声，不断传唱。

（张宇 益西加措 永青 陈荷花 何慧忠）

那普：久美老人的红色之旅

狮泉河一路向北奔腾，流经革吉镇那普社区，宛如含羞少女一般，不肯展现她的娇美面容，而是钻入地下，形成一段长达13公里的暗河，至那普山脚流出后，才重现它的婀娜丰姿。

而就在狮泉河途经的那普山脚，一座依山而建、由土墙围成的长方形院墙式建筑赫然出现，这就是阿里（革吉）直属库红色爱国主义教育基地（以下简称“直属库”）。这座红色遗址，曾在特殊时期发挥过重

直属库全景。格桑塔杰 扎西江村 **摄**

要作用。

20世纪60年代初，根据毛主席“深挖洞、广积粮，备战备荒为人民”的指示，革吉县政府对直属库所在地进行改造，建造了阿里地区最大的武器、弹药、粮食、银圆储备基地，还修建了一定规模的招待所、营地和会议室，使直属库成为阿里地区重要的会议中心。

而今，一位老人在这里向一批批前来参观的人们，倾情讲述着60多年前的峥嵘岁月，忘情叙说着那一段悠远厚重的历史，用心传承着红色基因、践行着初心使命，为让红色血脉代代赓续而贡献着自己的力量。

他，就是久美老人。

农奴娃遇到解放军

久美老人今年73岁，与共和国同龄；巧的是，他的生日是7月1日，和党的生日是同一天。

“我真正的生命是从10岁开始的。10岁以前，是一段不堪回首的黑暗往事。”在直属库一座黑帐篷里，久美老人向记者讲述着他的过往，思绪也回到几十年前……

据老人回忆，旧社会里，他们一家人被分到雄巴部落的不同头人家做仆人，因此他与父母、弟弟妹妹很少见面。不满10岁，小久美就已经会赶羊、放牛、割柴，还能做点杂活儿。虽说是仆人，可他连头人家的狗都不如，吃的是主人剩下的，稍不注意就会招来一顿毒打，一年到头，穿的是一件破羊皮、一双露出脚趾的烂鞋子，裤子更是从来没见过。

“那时候，有一口糌粑吃，就是最幸福的了。”讲到过往，久美老人神情激动，数次哽咽。

就像经历过漫长黑夜的人期盼黎明的到来一样，过久了暗无天日的农奴生活，年幼的久美多么渴望光明的来临。这一天，终于还是盼来了——

在一个农闲季节，年仅 10 岁的小久美与同样是少年的舅舅强巴外出讨饭，在路途中偶遇一支进藏部队。

久美老人说，“‘金珠玛米’很热情，主动过来打招呼。见我们饥肠辘辘又破衣烂衫，就从兜里拿出糖来给我们，还把我俩带到军营安置了下来，这是从来没有过的事啊！”

年轻时的久美。

后来有了读书的机会，久美从一些资料上得知，当年救助他们的那支部队，就是来自新疆的进藏先遣连的后续部队。

似乎是命运的安排，久美老人遇到解放军后，便与“红色”产生了密不可分的联系，开启了一生的红色之旅。

长在红旗下的少年

1960 年，阿里地区开展轰轰烈烈的民主改革，革吉县也不失时机带领群众推翻封建农奴制，建立了社会主义新政权。而久美，也成为长在红旗下的少年。

时隔 60 多年，久美老人对那段历史仍记忆犹新。

他从军营回家后，发现许久未见的亲人也回来了。“从那时起，我们再没做过仆人，也再没挨过打，还分到许多生产生活物资。”说着，久美老人舒展了一下眉头，神情也变得轻松起来，“乡上的干部挨家挨户分东西，我们家分到了六七匹马，几十头牛、几十只羊，还有一大片草场。给自己家放牧，心情自然不一样。”

1964 年 3 月，“社会主义三大教育”工作组进驻久美的家乡布贡村，旨在通过与当地牧民群众同吃、同住、同劳动、同学习，加快推进社会主义新牧区建设。

但工作组人手不够，加上翻译也仅有 4 人。此时的久美，已是身强力壮的大小伙，对新鲜事物充满好奇，于是，他主动申请加入。在半年时间里，他放牧、打柴、捡牛粪、做群众工作，干一行、爱一行，迅速成为工作组的得力助手；他也经常利用闲暇时间，向工作组请教文化知识，还学到一些简单的医疗技能。

当年 9 月，工作组结束工作准备返回，临别之际，对久美说：“你就像八九点钟的太阳一样，将来可为国家作贡献。”在此后的人生中，即使遇到再苦再难的事，每每想起这句话，久美都能坚强挺过去。

在工作组推荐下，年仅 15 岁的久美担任起了布贡村共青团支部书记、毛泽东思想宣讲员和雄巴区民办学校老师。身兼数职的他，并不觉得有多辛苦，反而因为是“为人民服务”，总有使不完的劲。

也正是从 1964 年开始，这位热爱读《毛主席语录》的少年，迷上了收集红色物件，像毛主席像章，他都集了五六枚，家里还存有老式收音机、水壶、马灯等上世纪五六十年代的老物件。“我一辈子崇拜毛主席、感恩共产党，对这些东西有感情。”久美老人说。

红色历史的传播者

“欢迎走进红色革吉，我们新革吉的历史是从‘三顶帐篷’开始

久美老人在直属库“交通厅”讲解。陈荷花　摄

的……”在直属库大院，身穿一件老公安制服、胸前别着一枚党员徽章的久美老人，开启了又一次红色革命历史的讲解。

久美老人告诉记者，由于当时刚刚建县，备荒备战依然是新生政权工作的重中之重，粮食、弹药和银圆这些重要战备物资就必须集中存放、统一管理，便建造了直属库。

几十年过去了，直属库完成了它的神圣使命，退出了历史舞台，日渐荒芜。进入新时代，为充分利用红色资源、传承红色基因，从 2017 年开始，革吉县整合资金 690 万元，在原址打造了这座红色爱国主义教育基地。

2019 年 12 月 21 日，直属库正式面向公众开放。这座占地面积 1.6 万多平米的红色遗址，主要由交通工具展示厅、“三顶帐篷”复原实物、“岁月情怀”雕塑群、电报房、医务室、礼堂和几个洞窟遗址组成。身处其间，仍能真切感受到，20世纪六七十年代革吉干部群众那既严肃又活泼的生活场景。

参观中，记者也惊奇地发现，对于直属库内的每一处布置、每一件文物、每一张照片、每一份文献，久美老人都能讲出一串完整的故事来。追问之下才发现，他与直属库的建设有着密不可分的联系——

“这里见证着咱革吉建县的历史，我必须参与。”听说革吉县要修复直属库，本该在家颐养天年的久美老人，不顾当时年近七旬的身体，毅然来此当起了建筑工人；

为了充实这座红色遗址，有着40年党龄的久美老人，毫不犹豫拿出家里珍藏了几十年的三四十件旧物，大到帐篷、床，小到磨盘、马鞍，一并无偿捐赠给了直属库；

后来，直属库招募讲解员，久美老人又义不容辞地来了，作为这里唯一的工作人员，久美老人一肩挑三职：讲解员、管理员和环保员。

由于直属库里没有宿舍，久美老人便在院内搭建了一顶帐篷，一住就是3年多。虽然这里的工作并不轻松，可久美老人却乐此不疲，他说：“当年是毛主席派来的解放军救了我，我在这里宣讲革命历史，就是对党的一种感恩和回报！”

此时此刻，眼前这位微微弓背的老人，在记者心中的形象又高大了许多。难怪直属库总设计师、阿里地委宣传部原副部长米玛次仁曾称赞说，久美可不是一般的牧民，他是个文化人！

“这是1956年生产的‘解放’牌卡车，由长春第一汽车制造厂生产，短短两年之内，咱阿里地区就有了……”耳畔，又回荡起久美老人浑厚的声音，思绪再一次被带回那段刻骨铭心的红色岁月……

（张宇 益西加措 永青 陈荷花 何慧忠）

布贡：奏响乡村振兴幸福曲

发源于冈仁波齐峰北侧的狮泉河从东南向西北，静静地从革吉县革吉镇布贡村前一路蜿蜒流向远方。

党的十八大以来，布贡村群众在狮泉河的见证下勤劳致富、安居乐业，积极推动特色产业兴旺发展，昂首阔步在乡村振兴的奋进征程上，书写了一幅幅幸福生活的美好画卷。

群众安居且宜居

走进布贡村，记者看到一排排整齐的浅黄色藏式民居，房前的花草绿植交相辉映，整洁的水泥路连接着各家各户，面带微笑的老人悠闲踱步其间。

布贡村二组的 72 岁老人单真旺姆，见到记者的到来，十分热情地邀请大家到她干净漂亮的家中坐坐。单真旺姆告诉记者，她家有 5 口人，女儿女婿在牧区放牧，两个孙子在拉萨读高中，现在就她一个人居住。

民以居为安。党的十八大以来，阿里地区革吉县把改善农牧民的居住条件作为决战脱贫攻坚、决胜全面小康的重要抓手，大力推进农村安居工程建设。2015 年，布贡村实施安居工程，18 户村民如愿搬进了新家，其中 14 户村民的安居房在 70 公里外的革吉县城，4 户村民的安居房在原址新建。

以前，由于布贡村距离县城路途遥远且居住分散，牧民就医、孩子上学都是个难题。2010 年，为了送两个孙子去县城上学，单真旺姆只能带着他们在亲戚家里借住，生活非常不便。

“我们以前过着逐水草而居的游牧生活，一年里需要频繁地迁徙，冬季还时常发生雪灾，条件非常艰苦。现在，靠着党和国家的好政策，我们搬到了县城里，住进了安居房，买东西、看病都很方便，日子过得更好了。”单真旺姆满脸笑意地说道。

2018 年，革吉县在布贡村实施了生态示范村建设项目，新建了道路、健身广场、旱厕、沿路石花池、太阳能路灯等配套基础设施。如今的布贡村，既圆了群众的“安居梦”，也托起了幸福乡村的“宜居梦”。

布贡村二组单真旺姆正在镇上的安居房里烧水。永青 摄

产业发展惠民生

“用产业夯实脱贫根基，拓宽群众增收渠道，产业兴旺才是乡村振兴的根本。”布贡村党支部书记仁青深有感触地说。近年来，布贡村牢牢抓住发展特色产业这个关键，充分利用当地资源，探索出了一条合村情、顺民意、增民收的乡村振兴新路子。

在仁青书记的带领下，记者一行来到了布贡村的民族手工业作坊。这家作坊在路边看起来并不起眼，进去后却别有洞天，十几台缝纫机摆放整齐，各式各样的服饰布料堆在一旁。民族手工业作坊的队长索南旦增正带着村民们一起量尺寸、裁布料、做衣服。

索南旦增是布贡村有名的手艺人，制作传统服饰已经有 20 多年。2017 年村里成立了民族手工业作坊，他被选为了队长，负责教村民们手艺。

“我爷爷就是一名裁缝，从小我是跟着爷爷学习这门手艺的，我也很喜欢缝纫，能给我带来快乐和满足感。以前做衣服全靠手工缝制，现在基本都是使用缝纫机，方便多了。”索南旦增说。

起初，使用缝纫机对于索南旦增来说还是一个新鲜事物，因为他之前制作传统服饰都是纯手工制作，缝纫机的操作方法需要他重新学习。但索南旦增深知通过机械加工产出高质量的产品，才是合作社盈利的关键，于是，他便开始通过不断自学和摸索使用缝纫机。现在，他不仅能够灵活地将缝纫机和自己的手艺完美地结合起来，还能熟练地把服饰制作技艺教给村民。

“我现在主要负责教村民们缝纫技术，他们学会之后不仅掌握了一项技能，可以使传统服饰传承下去，一天还能有 130 元的收入，可谓受益终身。”索南旦增说。

据仁青介绍，民族手工业作坊只是布贡村产业发展的一个缩影。近年来，村里还投入资金 355 万元，先后建起了扶贫招待所、惠民商店、被子加工厂和糌粑加工厂等，拓宽了村民增收致富的渠道。

村民家门口增收

走进布贡村惠民商店，记者看到货架上摆满了合作社生产的传统服饰、糌粑、羊毛被子等特色产品，今年 66 岁的索巴正在忙碌地为顾客结账。

索巴是布贡村二组的村民，也是惠民商店的销售员。2014 年，布贡村建起了商店后，他就一直在这里当销售员，一干就快 10 年了。据索巴介绍，合作社的糌粑主要销往县完全小学和县中学，每月至少能卖出 700 斤，羊毛被子被县工会预定了 1500 床，传统民族服装也在不久前革

图为在布贡村民族手工业作坊，村民们正在使用缝纫机制作民族服饰。永青 **摄**

在布贡村惠民商店，销售员索巴向顾客介绍合作社的糌粑。永青 **摄**

吉县举办的文化旅游节上卖出了很多件，商品完全不愁销售。

产业兴则百姓富。布贡村合作社在党建引领下，经营好民族手工业、羊毛被加工厂、糌粑加工厂等项目，通过建立利益联结机制，促进村民增收致富，有力推动乡村振兴。2023年，布贡村集体经济总收入73万元，为村民分红47万元。

“我现在当销售员每月有2500元工资，再加上村里的分红以及各种国家补贴，一年下来总收入有近5万元，日子真是越过越好了。”索巴乐呵呵地说。

有限的琴键上，能奏出无限的乐谱。如今的布贡村，安居乐业、产业兴旺、生活富裕的美好愿景变成了真实场景。未来，布贡村将继续谱写狮泉河畔乡村振兴的美妙乐章。

（永青 温凯 达珍 洛桑旦增）

下左左："舵手"努布顿珠的故事

噶尔县左左乡下左左村委会主任努布顿珠今年 39 岁，皮肤黝黑，说话时露出一脸憨厚的笑容。

2011 年 1 组组长、2014 年村民监督委员会主任兼会计、2017 年组织委员兼农牧民宣讲员、2021 年村主任——十余年来，努布顿珠一直活跃在下左左村各个为民服务的岗位上，他舍小家顾大家，为了集体和群众利益甘愿舍弃个人利益，尤其在村党支部书记因病无法履职的这些年里，他承担起带领全村经济社会发展、群众致富增收的重任，奋勇前行，赢得了群众的信任和好评。

大海航行靠舵手，在下左左，努布顿珠就是那个为民掌舵的人。

俯首甘为孺子牛

"去年我们合作社实现利润 200 万元，分红 100 万元，群众每人分红 2761 元。"努布顿珠告诉记者。

下左左村曲米夏拉合作社成立于 2010 年，最初是 50 户群众分别以一只羊入股，如今已经实现了全村群众入股。去年，经过努布顿珠和村"两委"班子的争取，噶尔县乡村振兴局为合作社实施了牲畜添置项目，总计添置 115 头牦牛、300 只羊，添置的牲畜来自群众自养，群众销售

努布顿珠给村级先进妇女代表颁发奖状。

收入达到 50 万元。

在 2023 年阿里地区第九届“促消费保供应”农畜产品交易会上，努布顿珠带领群众忙活了半个月，销售牛羊肉获利 80 万元，着实赚了一大笔。

而在去年实施的下左左村夏季草场转场道路项目中，努布顿珠为了确保工程保质保量完工、群众利益得到保障，连续两个多月的时间待在夏季草场施工点上，除了开会和换洗衣服，连家都很少回。

去年 8 月 1 日，工程顺利竣工，合作社创收 50 万元，86 名群众工资收入 119 万元，人均收入 3400 元，而作为村干部的努布顿珠，没有赚取一分钱。

“国家给我发了工资，我就是要为群众服务的，只要工程顺利竣工，群众得到实惠，我就很开心了。”努布顿珠说道。

其实他作为村主任的工资，一个月也就2000多元，但他却每年给村里带来数百万元的收入。

真情为民显大爱

除了带领群众增收致富以外，努布顿珠平日里更是把群众的冷暖放在心头。哪户群众家里有困难，只要找到他，绝对有求必应。

“在能力范围之内帮助群众，是我应该做的。”努布顿珠说。

脱贫户曲珍家庭困难，努布顿珠每年帮扶她现金1800元，连续帮扶了3年；另一户脱贫户旺姆，则每年帮扶大米和面粉等物资，连续帮扶了4年；村民洛桑因为高血压晕倒，他连夜开着自己的车送到90公里外的狮泉河镇救治，直到对方病情稳定了才返回村里。

因为吃过小时候读书少的亏，努布顿珠对群众的教育问题特别看重。学生仁增曲加考上了昌都市的高中，但是缺乏路费。努布顿珠得知后马上打报告，为他争取了4800元的临时救助。还有3名学生考上了区外大学，他也向噶尔县团委争取到了每人3000元的助学金。

2022年，村民嘎玛南达父子俩因为不愿意缴纳农村合作医疗保险金，努布顿珠在反复劝说无效、眼看着缴费时间临近的情况下，二话没说，拿出400元钱帮父子俩缴纳了保险金。2023年，他又多次上门，耐心细致地向父子俩解释加入农村合作医疗保险的好处以及国家的优惠政策，终于说动两人如期缴纳了保险金。

在每年下左左村“两委”班子成员考评中，群众给努布顿珠打分都在90分以上。真心为集体和群众办事的村干部，谁能不爱戴呢？

有志者事竟成

其实最开始的努布顿珠也并非今天人们看到的样子——限于家庭和环境因素，他只有小学文化，年轻时也只是个普普通通的放牛娃。

但他从没有放弃寻求各种学习和培训的机会。2014 年，在担任村民监督委员会主任后，他自学了会计，为村里做的账目清晰而准确，从没有出过差错。2017 年担任组织委员后，他又自愿报名参加了农牧民宣讲员培训，学习党和国家的政策方针，每年为群众宣讲 30 场次以上。

前两年，噶尔县开展村居干部能力提升培训，努布顿珠积极报名，现在还差一期就能结业了。经过培训，他可以用国家通用语言文字交流了。

“作为一名村干部，我必须要学习各种文化知识，增强本领，更好地为群众服务。”努布顿珠说。

这些年，由于担任着村里的职务，努布顿珠很少顾得上家庭。从 2017 年开始，家里的 100 多只羊他基本没有照料过，全部由妻子打理。但是家人从来没有一句抱怨，全力支持他的工作，让他免去了后顾之忧。

去年，得益于家庭和谐、邻里和睦，特别是家庭环境常年保持整洁干净，努布顿珠一家被噶尔县评为“最美家庭”。

“随时去他家，都是干净整洁、一尘不染的。”这是大家对努布顿珠家的一致评价。

新的一年，努布顿珠将继续带领全村群众在增收致富的大道上阔步前行。目前，村里已经落实了冷库和牛羊添置等项目，特别是今年还要添置 400 只白绒山羊，让合作社从过去单一的肉类销售升级为羊绒销售。

“下一步，我们还打算在狮泉河镇开办牛羊肉销售门面，这样除了每次物交会集中销售外，一年四季都能销售我们村里的牛羊肉，销售量会进一步提高。”努布顿珠说。

谈及这么多想做的事，这位牧区汉子再次露出了憨厚的笑容。

（温凯 洛桑旦增 达珍 永青）

上左左：牧区改革正当时

冬日的噶尔县左左乡上左左村，凛冽的寒风，在平均海拔 4800 米的草原上肆意呼啸，可以把人头顶的帽子刮走。

然而，就是这样严酷恶劣的环境，让这里晾晒出来的风干牦牛肉格外好吃，市场价可以卖到 300 元一斤——这也是噶尔县委、县政府在全县众多牧业村中，选择上左左进行牧区改革的主要原因之一。

一场深刻变革就此拉开了帷幕，彻底改变了这片草原的面貌。

全县之力促改革

“噶尔县可以说是举全县之力推动上左左村的牧区改革，所以我们一定要倍加珍惜这来之不易的机会。”上左左村村委会主任罗布占堆对记者说道。

据罗布占堆介绍，2013 年，上左左村成立富民惠民扶贫合作社，初始经营实体有日用百货商店、牦牛养殖场、短期育肥和运输业。2021 年底，上左左村牧区改革正式启动，全村 141 户 441 名群众中，有 64 户 197 名群众以牲畜或劳动力入股合作社，通过记工分的方式年底进行分红。

噶尔县总计投入资金 3721 万元，先后实施了上左左村牧改入股牲畜添置一二期、畜产品加工厂、狮泉河镇冷冻库房、风干肉厂、那来唐

上左左农牧民合作社经理桑嘎石确（左）和村委会主任罗布占堆正在查看风干肉厂里晾晒的风干牦牛肉。温凯 摄

卡农业种植点规模化农机具购置及库房、白绒山羊养殖场、狮泉河镇畜产品销售点及牧改扶持资金等多个项目。

由此开始，上左左村从过去单一的畜产品零散出售，发展到现在集畜产品转、运、存为一体的立体化销售，那来唐卡高原青饲料种植业初具规模，富余劳动力劳务输出成效明显，民族手工业发展壮大，牧改配套项目落地见效，稳步推进了上左左村城郊畜牧业、农业种植业等综合产业发展。

上左左村畜产品加工厂坐落在村委会旁，白色的外墙在广袤的草原上很是醒目。两间高大的厂房分别加工酸奶和带包装的成品风干肉，所有设备均已安装完毕，等开春对合作社员工进行培训之后，即可投入生产。

上左左农牧民合作社经理桑嘎石确（右）和村委会主任罗布占堆与乡干部查看畜产品加工厂里的设备。温凯 摄

在风干肉厂里，记者看到，足足3000斤风干牦牛肉密密麻麻地挂在横梁上，再过几天等完全晒干后，就会投入市场销售，仅此一项，就可以为合作社带来90万元收入。

“我们村的风干肉在市场上可受欢迎了，虽然价格比普通风干牦牛肉稍微贵一点，但因为味道好，经常还没开始销售，就被预订一空。”罗布占堆自豪地说道。

在他的邀请下，记者尝了一小块风干肉。入口细腻化渣，带着一丝香甜，仿佛预示着上左左村牧区改革的美好未来。

能者多劳能致富

在上左左村级组织活动中心，前几天刚刚举行的分红仪式横幅还没来得及摘掉，尽管没有亲眼目睹，但记者完全可以想象那天热闹的场景和群众欢笑的面容。

“去年合作社总计收入357万元，分红288万元，人均分红2万元。除了这些现金收入之外，还向每名社员分发3只绵羊、2只山羊、酥油10斤、酸奶8斤，让群众实实在在感受到了牧区改革的实惠。”合作社经理桑嘎石确对记者说道。

今年52岁的村民才旺索朗与妻子及4个儿子都加入了合作社，去年全家总计分红达到了10.4万元，成为上左左村分红最多的家庭。他还在村委会旁开了一家茶馆，每年也有不少收入，让许多村民羡慕不已。

才旺索朗在茶馆里一边喝茶，一边乐呵呵地对记者说道：“我们家有300只羊入股了合作社，我在合作社主要负责人工种草，妻子负责放牧，儿子们则开挖掘机或者销售牛羊肉，工资收入和分红让一家人的日子过得越来越红火。”

在才旺索朗看来，牧区改革之后，除了收入增长稳定外，更重要的是能攒下钱来。过去一年到头也存不了几个钱，现在合作社一次性年底发放分红10万元，让他终于有了积蓄。

至于这笔钱怎么花，他说还没想好，先存在银行里，以后慢慢考虑。

“今年我还是要带着全家人继续努力，争取让收入变得更高，我们家人多，应该挣得更多。”才旺索朗自信地说道。

齐心协力奔小康

让富者更富、穷者不穷，实现共同富裕，是牧区改革的初衷。

桑嘎石确告诉记者，像才旺索朗这样本来就劳动力充足、底子不错的家庭，在牧区改革之后，增加了不少收入，但日子发生彻底变化的，

上左左村畜产品加工厂外景。温凯 **摄**

还是那些脱贫户。

村民格桑家本来牲畜就不多，在丈夫去世后，她独自抚养两个女儿，其中一个还有四级残疾，家里断绝了经济来源，成为绝畜户，日子过得极为艰难。牧区改革后，她和女儿在合作社里放牧，每月有了工资收入，年底有了分红，全家 3 口人分到了 15 只羊。

“感谢党和政府、感谢合作社，让我们的生活越来越好。”格桑由衷地说道。

生活发生改变的还有 25 岁的村民旦巴坚参。由于学历不高，以前他只能在村里放牧，如今他被合作社安排到位于狮泉河镇的批发超市工作。“我要通过在超市上班的这几年，多长点见识，学习点文化，争取将来考个职业学校，谋取更好的出路。”旦巴坚参说时，眼里有光。

如今的上左左村，牧区改革正在有序推进，畜牧产业焕发出勃勃生机，群众正乘着改革的春风，用辛勤的劳动，创造着属于自己的美好生活。

（温凯 洛桑旦增 永青 达珍）

朗久：靓丽新村升腾振兴希望

从狮泉河镇出发，沿着国道317线向着拉萨方向驱车30公里，便来到了噶尔县左左乡。狮泉河的重要支流加木河在这里孕育出一片水草丰美的草原，优美的自然风光常常吸引过往游客驻足拍照。

朗久村是左左乡政府的所在地，国道317线穿村而过，贯通东西。这个原本普通的牧业村，因为上世纪80年代修建于此的阿里地区第一座地热电站而远近闻名。后来，随着地热电站的关闭，朗久村一度沉寂了许久。

时光荏苒。近年来，用好帮扶政策，抓住发展机遇，洗尽铅华的朗久村再一次焕发出活力与朝气，一座崭新靓丽的新城镇，在阿里大北线上以昂扬的姿态出现。

朗久村鸟瞰图（无人机拍摄）。益西土旦　摄

村容村貌焕新颜

2023 年 7 月 3 日，一件不亚于当年地热电站修建的大事，载入了朗久村的发展史册——由陕西援藏资金投入 2900 万元建设的左左乡公路沿线提升工程竣工并交付使用，朗久村的 79 户 239 名群众住进了白墙红檐的现代化新居。

值得一提的是，新居临街一面全部建成整体落地窗，与传统藏式房屋相比，显得更加新颖大气，让人眼前一亮。

“此次工程涵盖的是村里居住在国道 317 线两侧的群众，采取援藏资金出 70%、群众自筹 30% 的方式修建，新居面积从 45 平方米到 120 平方米分为 5 个等级，根据群众旧有房屋面积进行分配。”朗久村驻村工作队副队长、阿里地区政协行政科科长旦增介绍道。

尽管房屋面积相比旧房没有增加，但质量却不可同日而语。过去朗久村群众居住在低矮昏暗、不通水电、没有厕所，甚至存在安全隐患的土坯房里。陪同记者采访的左左乡文化干事土旦，曾经为了帮助群众在房顶插国旗，结果因为屋顶坍塌而摔落下来，导致一根肋骨骨折。

“当时那屋顶踩上去就嘎吱嘎吱地晃动，我已经很小心了，谁知道还是塌了一块掉了下来。”谈起当年那事，土旦仍然心有余悸地说道，“从那之后，我再也不敢随便上屋顶了。”

这件事也让很多人意识到，不管从村容村貌提升还是保障群众生命财产安全的角度出发，朗久村的旧房拆除或维修事宜已经迫在眉睫。

好在通过陕西援藏资金的大力帮扶，左左乡公路沿线提升工程于 2022 年 5 月开工建设，拆除了临街的 79 户旧房，在原址建设同样数量的新房，对没有拆除的旧房进行了加固和维修，还配套建设了带有过滤

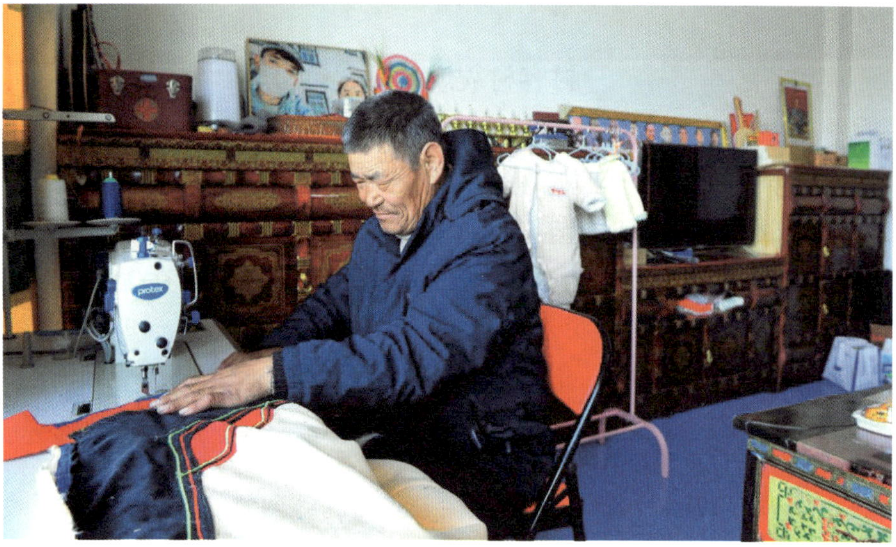

布嘎老人在新居里制作藏装。温凯 **摄**

设施的水泵房，保证全村 24 小时供水。

此外，在村“两委”班子和驻村工作队的努力下，朗久村还争取到乡村振兴相关项目资金，计划实施道路硬化、地砖铺装、绿化、路灯、88 户建筑立面改造、新建化粪池、村内巷道建设等多个项目，预计今年竣工，届时全村的风貌将焕然一新。

新房里话新生活

今年 65 岁的布嘎老人是搬进新居的群众之一。他的屋子总计 60 平方米，光客厅就有 40 平方米，层高接近 3 米，宽敞通透。阳光透过落地窗洒落进来，晒得房间里暖意融融的。

“当然很喜欢新房子了，呀咕嘟（藏语意为‘很好’）！”谈起搬进新居的感受时，老人竖着大拇指说道。

他告诉记者，以前的旧房条件差不说，每天光是提水都要好几趟，自己年纪大了提不动，只能靠儿子帮忙。现在的新房不仅通水通电，还有独立卫生间和厨房，生活质量提升了。

如今，老人在享受着各种政策性补贴的同时，家里还有 100 多只羊交给女儿打理，生活衣食无忧。平日里，他还靠着自己一手裁缝的手艺，为村里群众制作新衣、缝补旧衣，一年下来也有上万元的收入。

谈起今后的打算，布嘎准备搬到狮泉河镇与务工的儿子一起生活，然后将房子租出去，增加收入。

“感谢的话是说不完的，我只有把自己的日子过好了，才能回报党和政府。”老人说道。

别看只是村里的房子，但得益于国道沿线和乡政府所在地的独特地理优势，加上当地群众有较强的商业意识，前来租房的大有人在，拉巴便是其中之一。

拉巴正在给前来就餐的客人倒茶。温凯 摄

“年轻时我到处打工，最远去过普兰县，但收入只能填饱肚子，没有什么积蓄，后来看到朗久村发展得挺好，就决定带着妻子扎西南姆回乡创业，开起了藏餐馆，到现在已经 4 年了。”拉巴说。

公路沿线提升工程虽然没有涉及拉巴自己的房子，但他租下了舅舅家 120 平方米的新房，改造成了“农村姑娘藏餐馆”，由参加过厨师培训的妻子掌勺，自己则负责内外杂事。

妻子的厨艺加上拉巴的勤快，让新的藏餐馆一开起来便生意兴旺，仅半年时间收入就超过了 10 万元，日子过得红红火火。

“以前在旧房子里开餐馆，由于条件差、设施差，接待能力也不行，收入平平。”拉巴笑着说，“现在可不一样了，您看这些卡垫桌子都是我新买的，那边还设了一个包间，方便更多人前来聚餐，大家都喜欢到我这里来。”

采访结束，正好是饭点，记者一行也顺道尝了尝扎西南姆的手艺，于是上演了一场现实版的“风卷残云”。

创业就业增收忙

乡村要振兴，产业要跟上。

“现在村里共有曲卡坚农牧民专业合作社、农牧民劳务创收合作社、妇女合作社三个经济实体，2023 年总计分红 97 万元，241 户群众每户分红 4050 元。”朗久村委会主任巴桑旦巴介绍道。

尽管现在看起来分红的金额还不算太多，但全村上下没有停下前进的脚步。2022 年，依托丰美的水草资源，村里利用驻村工作队的办实事资金，建起了“朗久藏家民俗风情村”，虽然只经营夏季短短几个月，但纯收入达到了 6 万元，还解决了 4 名群众的就业问题。

今年26岁的珠吉群培是度假村的负责人，每个月工资有3500元，没有客人的时候，他还可以开着自己的装载车到工地务工。在农牧民劳务创收合作社的带动下，朗久村群众参与公路沿线提升工程累计达113人次，总收入达到14万元，而珠吉群培一个人的收入就达到了3万元。

“现在村里的创收机会很多，只要自己努力，一定能让腰包鼓起来，我还这么年轻，将来一定有更好的发展。”珠吉群培说道，眼里充满了自信。

2024年，朗久村还计划利用国家扶持资金50万元，扩建扶贫超市，目前两层楼的主体工程已经竣工，正在进行内部装修和物资采购。投入使用后将成为全乡最大的超市，预计解决5名群众就业，每年纯收入超过15万元。

利用公路沿线提升工程的带动效应，村里还积极鼓励有条件的群众创业经商，并给予相关政策上的优惠和帮扶。目前，朗久村包括拉巴在内，共有22户群众从事商店、餐馆等经营活动，工程竣工后总收入超过50万元。

“再过几个月您来看，朗久村将变得更加漂亮也更加繁华，商店餐馆到处都是，人来人往好不热闹。”巴桑旦巴热情地对记者说道。

在他身后的远方，地热电站残存的厂房结构在冬日的寒风中无言矗立，昭示着过去的荣光与哀伤；在他身侧的国道对面，一家外墙装修精美、名叫“日落小酒馆”的酒吧已经打开了大门，迎接想要尽情放松的客人。

这是全新的开始，这是最好的时代。

（温凯 洛桑旦增 永青 达珍）

加木：红柳开出致富花

狮泉河像是鲜衣怒马的少年带着冲劲，从冈仁波齐峰北侧冰川湖一路蜿蜒北上，流经狮泉河盆地后水势渐缓，滋润着周边的草原，呈现出一片水草丰美的景象。

在这辽阔的绿意中，远远就能看到一大片红色的树林静卧其中——这是阿里地区天然留存的最大一片红柳林，如今被噶尔县改造成了加木红柳湿地公园，成为狮泉河镇群众休闲娱乐的最佳去处。生活在红柳湿地公园旁的狮泉河镇加木村群众，依托这片上天赐予的珍贵礼物，在海拔 4300 米的高原上努力耕耘出如红柳一般欣欣向荣的幸福生活。

勤劳苦干，创造致富佳话

当记者步入加木村，只见成片的树木随风低吟，盛开的鲜花姹紫嫣红，栋栋新居精致美观。其中一栋面积近 500 平的两层小别墅引起了记者的注意。

原来这是村里致富带头人次仁加布的新居。提起他的名字，加木村的村民无不竖起大拇指。

次仁加布是土生土长的加木人，曾经也是一名贫困户，全家六口人挤在帐篷里，过着没水没电的生活，养着不多的牲畜，一年收入不过几

次仁加布正在整理家中的荣誉证书。洛桑旦增 摄

千元，生活压力非常大。

“当时也很迷茫，为了赚钱什么工作都想着干一点，听说跑运输能赚钱，我就买了一辆三轮拖拉机，开始跑工地。”次仁加布回忆道。

2009 年，随着阿里经济社会的快速发展，建筑工地如雨后春笋般冒了出来，次仁加布瞅准这个机遇，找了一份运输司机的工作。虽然经常需要长时间奔波在路上，有时候更是昼夜颠倒，但他从不叫苦叫累，始终兢兢业业将货物安全送达，一年下来有了将近 3 万元的收入。

尝到甜头的次仁加布在这一行一干就是十几年，在党和国家各项优惠政策帮扶下，收入一年比一年多，一家人彻底告别了贫困。

生活富裕起来的他没有忘记乡亲们，在看到村里还有不少群众就业困难、收入偏低时，次仁加布就想用自己的能力来帮助大家。带领大家共同致富——这也成为了次仁加布一直在做的事情。

2018年，次仁加布承包下加木村附近的一个砂石场，聘用了4名本村群众在砂石场务工，每人每个月工资达到7500元。他还鼓励群众用自己的车来砂石场跑运输，增加收入。另外，他还四处奔走，为村民的33辆翻斗车和3辆装载车争取到了务工机会。不仅如此，次仁加布每年还会慰问村里的困难群众。

授人以鱼不如授人以渔。次仁加布在帮助村民致富的同时，还自愿担任了村里的农牧民宣讲员，向大家无私传授自己的致富经验。

2021年，次仁加布开始担任加木村集体经济组织监事长，为合作社出谋划策，使加木村集体经济组织步入正轨，为村集体经济建设贡献力量。

次仁加布的创业故事已然成为了加木村的一段佳话，这里的年轻人都把他作为榜样来学习。其中有位叫洛桑仁增的青年，在学习次仁加布的致富路上开出了别样的花。

不惧困难，走上小康之路

来到洛桑仁增家里时，他刚从工地上运完砂石，风尘仆仆地开着大车回来。

“开大车虽然辛苦，但收入可观，能迅速帮助家里提高生活水平，减轻生活负担，现在我也成了家里的顶梁柱。”洛桑仁增说。

过去，洛桑仁增一家的生活过得并不如意，只能靠养殖牲畜维持温饱。

“哥哥当时在当兵，每个月的工资都会寄给我们，但是家里的开销还是有点吃不消，我觉得我也应该为家里做点什么。”洛桑仁增回忆道。

那时，高中刚毕业的洛桑仁增自觉扛起了家里的重担。2018年，刚

洛桑仁增正在修理自己的大货车。洛桑旦增 摄

满 18 岁的他从校园进入了社会，在狮泉河镇找到了一份健身教练的工作，收入可观而且工作地点离家里也近。但随着健身房由于资金问题最终倒闭，洛桑仁增也失去了他的第一份工作，无助、迷茫一下子将他团团包围。

洛桑仁增没有放弃，他当时满脑子想的就是找工作、找工作。为了挣钱，他身兼数职，送外卖、服务员、商场导购啥都干过，年轻的他仿佛有使不完的力气，但他很清楚这并不是长久之计。

2021 年，加木村发展壮大村级集体经济，进行集体产权改革工作并拓展经营，村里的林卡、砂石场等项目吸纳了 289 名群众入股参与，推动村级集体经济规模化、专业化、组织化发展，跑出了乡村振兴的“加速度”。

洛桑仁增全家六口人也参与到了合作社中。2022 年，加木村合作社实体经济和土地征用收入达到了近千万元，分红到每户有 8 万多元。洛桑仁增一家人的收入得到了根本保障。

与此同时，洛桑仁增在了解到跑运输可以赚钱后，立即贷款买了辆大货车，在合作社的帮助协调下，在各个工地上跑起了运输，相比于以前打零工的日子，收入一下子增长了好几倍。

“真的感谢合作社，现在仅我一个人一年就有 20 多万元的收入，哥哥现在也在合作社砂石场从事管理工作，年底还有分红，一年下来全家有 30 多万的收入了，也算是村里的富裕户了。”洛桑满怀期待地告诉记者，“趁着年轻，我要多跑运输，争取这几年把车贷还清，然后让家人过上更好的生活。”

甘为绿叶，静待红柳绽放

“在加木村的这 4 年里，我很荣幸能够成为大家致富路上的见证者、参与者和推动者。”加木村乡村振兴专干登平说。

2019 年，登平来到了加木村。身为一名“95 后”乡村振兴专干，他深知年轻干部是基层组织的生力军，便立即投入到了千头万绪的基层工作中，奔走在加木村的各个角落。

初到加木村时，最大的困难就是交流问题。来自昌都市芒康县的登平由于不通方言，走村入户时每次都得带着翻译。

为了尽快融入当地群众中，登平经常与当地干部学习阿里方言，走访入户时也把笔记做得满满的，经过一个月的苦练，登平在语言上实现了无障碍的交流，与群众很快打成一片，让加木村的群众能及时准确地了解到党的惠民惠农政策。

“村里人现在已经把我当成一家人了，对外都说我是这个村长大的

登平正在走村入户了解社情民意。洛桑旦增 **摄**

呢。”登平说道。

“干一行，爱一行，做好一行”，登平在加木村用自己的实际行动践行着这句话。无论是帮助村里即将毕业的大学生找实习单位，还是帮独居老人打扫卫生、买药理发，帮助群众解决生活中的困难和问题，已然成为了登平的日常。

加木村有一户困难家庭，一家三口中母亲是听力障碍者，外婆也年事已高，家中 6 岁孩子的学习辅导一直是个难题。一有时间，登平就会上门帮助孩子辅导功课，还向噶尔县民政局申请了一台学习用平板电脑，极大地提高了孩子的学习效率。

“他们就像我的家人一样，家人的事就是我自己的事，我要充分发挥自身的优势和特长，为他们解决困难。”登平如是说。

直至现在，无论是谁家发生大事小事，他们最先想到的人就是登平。

“只要说起村里的事情，不管大事小事，我们都会找登平帮忙。”加木村群众嘎桑次仁说。

平日里，登平一直积极宣传产业政策，通过自身所学知识，带领合作社工作人员、村干部探讨村集体经济组织发展思路。

2022 年 8 月，登平和村委会通过与上级部门的沟通，为加木村争取到了 5000 余万元的土地租赁资金，为村里群众增添了一笔不少的收入。

登平还参与了加木村农村集体产权制度改革工作，顺利组建了噶尔县狮泉河镇加木村股份经济合作社，成立了组织机构，奠定了加木村集体经济组织规范发展的基础。

如今，在村委会和登平近四年的努力下，加木村与民营企业合作开办了河道采砂场和搅拌站，登平负责搅拌站、土地出租等项目的协议工作，充分发挥好桥梁纽带作用，积极同上级有关部门和相关公司协调沟通。 项目投产后，预计年收入能达到 300 万元以上，能有效巩固加木村脱贫攻坚成果，为实现乡村振兴战略目标提供坚实的基础。

在谈起加木村致富成果时，登平脸上满是自豪：“看到群众的日子一天比一天好，由衷地感到开心和自豪，他们脸上幸福的笑容就是对我们工作最好的肯定。”

（洛桑旦增 温凯 达珍 永青）

康乐新居：奏响搬迁“幸福曲”

发源于冈仁波齐北面冰川湖的狮泉河，自东向西一路逶迤，即将与噶尔河汇合之际，在平坦的藏西高原上缓缓地绕了一个弯，孕育出了阿里地区发育最好的一片红柳林，继而诞生了狮泉河镇这座藏西重镇。

狮泉河镇的东部是阿里地区最大的易地扶贫搬迁点——噶尔县狮泉河镇康乐新居，来自地区5个县、22个乡镇的3200余名搬迁群众在这里生活。走进其中，统一规划、独栋独院的居民楼映入眼帘，一应俱全的基础设施和幼儿园、物业管理中心、商铺等功能完善的配套设施，让这座矗立在狮泉河畔的城中之城，成了阿里地区城镇建设的样板、增收致富的典范、安居乐业的榜样。

搬迁照亮新生活

搬进康乐新居的新房子，搬迁群众石确达布第一时间就将领袖像挂在了客厅最醒目的地方。

“做梦都没想到能住上这么漂亮的楼房，由衷地感谢党、感谢政府。”提起刚住进新居时的心情，石确达布十分激动。

对于搬迁群众来说，搬迁不仅仅是得到一套新房、换一个生活环境，更是一次思想观念和生活方式的改变。

康乐新居（无人机拍摄）。洛桑旦增　摄

康乐新居居委会主任阿诺告诉记者，政府为了让搬迁群众真正搬得出、稳得住、能致富，把就业增收作为头等大事来抓，目前已推荐 479 名搬迁群众到地区环卫公司、阿里大酒店、保安公司、噶尔县产业园区、康乐新居综合专业合作社等单位工作，培训困难群众 400 余人次。

同时，积极探索建立产业覆盖贫困人口的利益联结机制，大力发展特色产业，着力打造集“产、加、销”为一体的特色产业扶贫体系，成立了康乐新居合作社，计划发展地毯厂、服装厂、超市等多个经济实体，项目效益呈逐年增长趋势。

石确达布在康乐新居合作社的安排下，在安置点配套产业项目阿谷卓巴服饰有限公司从事管理工作，每月工资达到 3000 元，还多次前往陕西参加技能培训。石确达布的父亲也经过招考，在阿里地区文旅局当上了保安，工资每月 2500 元。

“搬迁之前，我在距离狮泉河镇 800 公里的措勤县达雄乡一所加油站工作，每月工资有 1500 元，当时已经很满足了，不曾想搬到康乐新居之后，能有这么好的工作和增收机会，我一定会好好珍惜的。”石确达布认真地说道。

电商拓宽致富路

结束了一天的工作，晚上 7 点回到家后，格桑卓玛终于有时间处理自己的事情了。看着院子里已经打包好的十几件快递，她略带疲惫的脸上挂着笑容：“累，但是很充实，感谢电商给我带来的创业机会。”

格桑卓玛是康乐新居妇联主席，搬迁之前，她是阿里地区噶尔县左左乡地地道道的牧民，冬季家庭收入来源主要依靠养殖牲畜及售卖畜产品，夏季她则跑到工地上打零工，辛苦一天也只能赚 50 元。

当记者问到搬迁以后生活有什么变化时，格桑卓玛说：“变化太大了！房子宽敞明亮，家里水电网也都通上了。不过最大的变化还是谋生之道，现在只要有一部手机，不出家门也可以赚钱啦！”

格桑卓玛正在向直播间的观众介绍自己代理的产品。达珍 **摄**

2020 年，格桑卓玛发现许多好友在微信朋友圈售卖各种各样的东西，让她萌生了试一试的想法。怀揣着对电商行业的憧憬，格桑卓玛多次参加了地区妇联组织的电商培训，收获颇丰。

说干就干。培训刚结束，格桑卓玛便开始在网上售卖日常生活用品，她把学到的电商技能用到了生产经营中，不断积累经验，逐步让自己的电商事业步入了快车道，销售的商品数量越来越多，仅 2023 年，格桑卓玛通过网上销售就赚到了 30 余万元，成为康乐新居电商行业的“明星”。

“电子商务非常切合我们这边妇女同志的就业需求，作为康乐新居妇联主席，我一定会带动更多妇女投身电商领域，帮助广大妇女搭建更加广阔的创收平台。”格桑卓玛满怀信心地告诉记者。

幸福路上干劲足

走进战堆位于康乐新居的家，很难相信他曾经是一个建档立卡贫困户。家中崭新的家具和各种电器一应俱全，墙面、地板也进行了一番精致的装修，小康气息扑面而来。

搬迁前，战堆一家四口挤在一间不大的土坯房里，过着逐水草而居的传统牧民生活，年收入仅够维持温饱，日子毫无盼头。2016 年春天，在万物复苏的季节，战堆迎来了人生的转折点——在噶尔县委、县政府的安排下，他们全家搬进了康乐新居。

“党和政府为我们提供了这么好的房子，还帮我们安装了暖气，而且孩子们上学也十分方便，日子真是越来越好了！”战堆感慨万千。

采访间隙，战堆换上了一身保安制服，准备前往阿里地区乡村振兴局值班。“这个工作是政府专门为我们建档立卡贫困户安排的，是我人

战堆在工作岗位上。达珍 **摄**

生中的第一份正式工作，我很珍惜，也很感激。”说起现在的生活，战堆一脸的喜悦。

志之难也，不在胜人，在自胜。2023 年，战堆也靠收入为家里添置了一辆新车。“现在累一点也没事，我还年轻，政府帮助了我这么多，我也要靠自己的双手富起来，用实际行动来报答党和政府的恩情。”战堆说。

如今，加上各种国家补贴，战堆家一年共有 8 万余元的收入，全家人的生活越来越好了。

从偏远贫瘠到安居乐业，从勉强温饱到小康生活，如今，康乐新居搬迁群众正迈着昂扬的步伐，走在幸福美好的新生活路上。

（洛桑旦增 温凯 达珍 永青）

藏布：社区遍开石榴花

噶尔县狮泉河镇藏布社区位于狮泉河畔，走进社区居委会民族团结教育展览室，墙面上用照片与文字展示着社区各族群众互帮互助的事迹，观看后令人动容。

藏布社区居委会成立于2002年，目前常住人口有2万余人，集合了藏族、汉族、维吾尔族、蒙古族、回族等15个民族，是一个多民族聚居的社区。一直以来，藏布社区各族群众相邻共居、守望相助，像石榴籽一样紧紧抱在一起，让民族团结之花在狮泉河畔常开长盛。

守望相助一家亲

冬日的暖阳下，笔者在藏布社区居委会门口，恰逢社区党支部书记平措从外面回来，见到我们，他热情招呼并带着我们参观社区。

“早上我们社区里的李永胜老人需要做前列腺手术，我和同事送他到阿里地区人民医院，帮忙办理住院手续，另外两名同事现在还留在病房陪护着老人。”平措告诉记者。

李永胜是居住在藏布社区的汉族孤寡老人，是一名特困人员。几年前，社区工作人员在走访过程中了解到李永胜的情况后，时常去他家里走访慰问，给老人送去大米、面粉和油等生活必需品，社区工作人员还经常拿自家的牛羊肉给老人送去，以实际行动为老人送去温暖。

“我要衷心感谢社区工作人员的帮助，他们让我的生活重新充满了希望，也让我深深地体会到了社区大家庭的温暖。”在地区人民医院的病榻上，正安心准备接受手术的李永胜老人感动地对记者说道。

这只是藏布社区各族群众守望相助的一个缩影。在阿里生活了30年的崔定军夫妇，两口子都是环卫工人。2021年，崔定军查出患有癌症后，每年都需要前往河南治疗。社区工作人员知晓情况后，帮他们申请了临时救助，并为他们争取到了报销往返交通费和住宿费。

李永富是居住在藏布社区的一名单亲父亲，主要靠捡废品维持生计。去年他的女儿成功考上研究生，家里的开支随之增加，这让本就不富裕的家庭又多了困难。经过驻村工作队和居委会“两委”班子的多方联系和牵线搭桥，爱心企业为他家捐赠助学款4500元，帮他们减轻了负担。

藏布社区工作人员走访社区群众。洛桑旦增 摄

和谐融洽邻里情

走在熙熙攘攘的文化路街头，记者见到了居住在藏布社区的吾布力卡斯木·艾泽孜，他正在自己的摊位上招揽着生意。这时，一位拄着拐杖的藏族老奶奶走过来在他摊位边上站着歇息，吾布力卡斯木·艾泽孜连忙为老奶奶拿了凳子。

“呀咕嘟”“呀咕嘟！”老奶奶坐下后，笑着竖起大拇指对吾布力卡斯木·艾泽孜夸赞道。

吾布力卡斯木·艾泽孜是维吾尔族，在阿里生活了23年。刚来阿里做生意时，他的生活比较困难，藏布社区的妇女就织毛衣毛裤送给他，让他很是感动。

如今，他通过自己的辛勤付出，日子过得红红火火。“现在生活变好了，但我一直没有忘记帮助过我的藏族朋友们。”吾布力卡斯木·艾泽孜告诉记者。

这些年来，他真心帮困、回馈社会，为藏布社区和噶尔县红十字会累计捐赠了价值60余万元的御寒衣服，赢得了社区群众的交口称赞。

随后，平措带着记者来到了藏布社区致富带头人、调解委员次仁加布的家中。次仁加布是一名退伍军人，他家客厅墙上挂着不少当年他在部队时的老照片，柜子上也摆满了各种荣誉证书。

“我以前是低保户，2013年噶尔县政府把生态产业园区的蔬菜大棚分给贫困户打理，让大家通过种植蔬菜脱贫致富，我也是其中之一。”次仁加布说道。

次仁加布潜心钻研蔬菜种植技术，他的温室大棚效益不错。之后，他又拓宽了藏香鸡和藏香猪的养殖，一年能有近7万元的收入，实现了

吾布力卡斯木·艾泽孜在自己的摊位上与顾客交流。 洛桑旦增 **摄**

致富梦。

这些年，次仁加布得到过不少好心人的帮助，因此，事业有成后的他立志尽己所能地帮助更多的人。他说："蔬菜大棚一般都是夏季有活干，我每年都会雇 10 余名群众在大棚干活，每人每天能领到 200 元的工资。"

2022 年，次仁加布被选为社区调解委员，截至目前，他已经成功调解了 7 起社区矛盾纠纷。"看着一件件困扰邻里的矛盾纠纷得到圆满化解，让我觉得很是欣慰。我将继续以人民满意为标准，尽职尽责，促进邻里和睦，为构建和谐社会贡献力量。"次仁加布信誓旦旦地说道。

籽籽同心促团结

走在藏布社区，家家户户窗明几净，一条条道路干净整洁，老人闲庭信步，孩子追逐嬉闹，好一派其乐融融的景象。

“在社区干部群众的共同努力下，2014 年，我们社区获得了全国民族团结进步模范集体的荣誉称号；2016 年被国家民委命名为全国民族团结进步创建活动示范社区；2021 年再度被国家民委命名为全国民族团结进步示范社区。”平措骄傲地介绍道。

近年来，藏布社区积极开展民族团结进步创建工作，在每年的春节、藏历年、古尔邦节等重要时间节点，都会组织各族群众共同度过，举办林卡、新年团拜会、座谈会等各种民族团结促进活动，进一步增进各民族之间的情感，共建和谐美好家园。

“每次举办这种活动，大家都会很积极地参与，在前不久举行的国家通用语言演讲比赛中，社区门口洗车场老板铁么乃家里的女婿获得了二等奖，还领到了一台加湿器呢！”平措告诉记者。

随后，记者一行来到了铁么乃开的洗车场。戴着手套和帽子、脚穿

在藏布社区门口的洗车场，老板铁么乃正在洗车。洛桑旦增 摄

雨靴的铁么乃，正在忙碌地洗车。看见记者的到来，他便停下手中的活儿，将大家请到一间不大的屋子里，炉火烧得正旺，屋内暖意融融，与外面零下 14 度的气温形成鲜明的对比。

采访时，铁么乃用一口流利的藏语同记者交流了起来。

今年 53 岁的铁么乃是回族人，来阿里之前在那曲生活过 20 余年，学会了日常藏语。2014 年，铁么乃来阿里做生意，他发现这里的方言和那曲差不多，所以平日里跟本地人说话基本都是讲藏语。

“我家 3 个孩子都在阿里上学，他们也能听懂藏语。语言是沟通的桥梁，通过说藏语，我们与当地群众的沟通交流极为方便，更能增进彼此的感情。”铁么乃告诉记者，“现在我的洗车场聘了两名藏族困难群众，每人每个月工资 3000 元，大家相处得十分融洽。”

狮泉河静静地流淌，远处山顶上的冰雪闪着银光。居住在藏布社区的各民族群众，用心用情培育的民族团结之花正在狮泉河畔绚丽绽放。

（永青 温凯 达珍 洛桑旦增）

森格：绘就幸福生活底色

初见尼玛，他身穿一身整洁的正装，头戴一顶藏式毡帽，皮肤黝黑，带着一脸微笑，看起来亲切又干练。

2005 年担任森格社区委员、2011 年担任森格社区居委会主任、2017 年至今担任森格社区党支部书记——一直以来，在尼玛的带领下，森格社区处处呈现群众增收致富、各族居民团结互助的美好画面。

致富不忘来时路

30 年前，为了生计，尼玛背井离乡来到阿里打工，开启了游子的拼搏生涯；30 年后，从民工奋斗到社区党支部书记，尼玛开启带领社区群众走上幸福生活的新征程。

尼玛来自日喀则市桑珠孜区甲措雄乡，在家乡时，他从事过搬砖、石材加工等各种工作。

“在老家打工一天能赚到的工钱少之又少，多的时候一天 5 块，付出的汗水和薪资不成正比。那时正是我最迷茫的时期，一个偶然机会，我从在阿里打工的老乡那里了解到，这边活多，待遇也不错，我便决定来阿里发展。”尼玛回忆道。

于是，19 岁的尼玛与很多农村青年一样，早早就踏上了外出务工的道路。虽然一路上伴随着难以言说的艰辛，但是并没有压垮当年这个勤勤恳恳、任劳任怨的小伙子。正是这十几年的经历，磨炼了尼玛的意志和本领。最终尼玛凭借着自己的努力，从一名普通民工成长为了森格社区党支部书记。

2011年，以让群众致富为初衷，时任森格社区居委会主任的尼玛，萌生了开办集体合作社的想法。但村民对入股合作社积极性不高，普遍担心投入资金后就打了水漂。于是，尼玛决定身先士卒，先建一个养鸡场。在地委组织部和森格社区驻村工作队的大力支持下，养鸡场项目成功落地。

“养鸡场里饲养管理、卫生消毒等所有琐碎的事情都是由我和妻子央金打理，一年四季、不分昼夜，其中的辛苦只有我们知道。”尼玛说。

皇天不负有心人。三年里，养鸡场收益不错，每年都能盈利三四万元。这些钱，尼玛并没有收入自己的囊中，而是为社区里两名条件十分艰苦

尼玛与社区干部正在给花草浇水。洛桑旦增 摄

的老奶奶盖了房子。

“有了养鸡场的成功案例，2023 年，经过我们社区‘两委’班子和驻村工作队讨论决定，接下来社区将以群众每人 1000 元的入股方式成立党员集体茶馆、社区惠民洗车场合作社，年底合作社总收益的 50% 用于合作社运转资金，30% 用于年底产业分红，20% 用于集体经济保底资金。”尼玛告诉记者。

这一次，下发入股通知的时候，见到养鸡场成效的群众都争先恐后参与入股，对合作社充满了信心。

看着此番情景，尼玛很是欣慰。

百姓生活样样好

社区居民白玛央金，从前生活历经坎坷，在尼玛的帮助下，通过自己不懈的努力和坚韧不拔的毅力，最终过上了充实幸福的生活。

尼玛领着记者一行来到了白玛央金家中，客厅宽敞明亮，彩电、冰箱等家用电器一应俱全。白玛央金一边热情地招呼，一边忙着打酥油茶招待大家。

“最近生活还好吧？工作还顺利吗？”见到白玛央金，尼玛书记亲切地询问起了她的近况。

过去，白玛央金一家 8 口人挤在一顶不大的帐篷里，过着逐水草而居的传统游牧生活，家里生计只能靠售卖畜牧产品来维持，年收入不到 3000 元，像现在这种全天通电通水的条件，以前是想都不敢想的。

2005 年，白玛央金嫁到了狮泉河镇。起初丈夫在镇上批发公司上班，每个月有 800 余元的工资，生活还算不错。后来丈夫因病去世，家中再无经济来源，加之还要照看孩子，日子过得很拮据。森格社区工作人员

白玛央金在家里织毛衣。洛桑旦增　**摄**

了解到白玛央金的情况后，便将她纳入了低保户。

有了低保补贴，白玛央金并没有就此“等靠要”，她觉得，想要生活好起来，不能一辈子靠国家帮扶，必须要靠自己的双手勤劳致富。

于是，白玛央金找到尼玛主任，说出了自己的想法后，社区干部帮忙联系帮扶单位，为她在住建局安排了一份工作，这让她多了一份固定收入。同时，在社区的帮助下，白玛央金还把家里闲置的房间改成出租房，收取租金。

“租房多的时候，一年能赚上个1万余元，加上每年固定工资2万多，以及各种国家补贴，现在一年就有4万余元的收入。跟以前相比，我的生活发生了很大的变化，这都得益于我们的好书记尼玛和社区工作人员的帮助！”白玛央金说。

用情浇灌“石榴花”

尼玛所在的森格社区，居住着汉、藏、维吾尔、回、蒙古等15个民族，是阿里地区远近闻名的民族团结进步模范社区。

60多岁的汉族群众许景谛是社区里的一级残疾人员，一家主要靠低保维持生计。在一次入户摸排时了解许景谛的情况后，社区将他家列入了重点关注户。

为了改善许景谛家的生活条件，尼玛书记和社区其他工作人员想尽办法，为许景谛安排了一份修鞋的工作。考虑到许景谛腿脚不便，尼玛书记与地区残联沟通协调，为他争取了一辆残疾人专用电动车，方便出行。

“见不得别人有困难，能帮就帮一帮。”一句朴实的话语，道出了尼玛的心声。

尼玛的妻子央金也是一名富有爱心、热心公益的人士。结婚二十多年来，二人不仅夫妻同心，妻子在照顾自己家庭的同时，还经常帮助社区老弱病残等弱势群体做些力所能及的事。

社区维吾尔族群众么巴热独自带着两个孩子生活，一年冬天，她们全家想要回新疆过年，但是凑不够车费，央金当即资助了3000块钱；逢年过节，央金都会给社区里的小孩子买衣服、被褥、书包等，还经常给社区有困难的群众送去米面油等。

尼玛和央金夫妇俩用自己的绵薄之力，为社区群众做力所能及的事，用心用情浇灌着社区民族团结之花。

2023年，森格社区获得了全区民族团结进步模范集体的荣誉称号。

20多年来，尼玛始终在平凡的工作岗位上默默奉献，为了社区的发

尼玛（左二）与社区少数民族群众座谈。洛桑旦增 **摄**

展和群众的福祉竭尽全力，用一颗赤诚的心，感染和带动着身边的所有人。

点滴小事汇聚缕缕动人情谊，现在的森格社区，群众增收有路子、身边有芳邻、生活有奔头，大家携手描绘幸福生活新画卷。

（达珍 温凯 洛桑旦增 永青）

鲁玛：乡村和美颂幸福

清晨的鲁玛村，阳光柔和地洒在笔直宽阔的硬化路面上，路两边绿树摇曳，白墙青瓦的特色民居掩映在夏日的绿波荡漾中，别有韵味。

近年来，在党和政府的扶持下，噶尔县扎西岗乡鲁玛村呈现出一幅基础设施基本完备、公共服务普惠可及、广大村民富裕富足的美丽乡村景象。而鲁玛村边静静流淌的狮泉河，也一直默默见证着这座村庄发生的蜕变。

其米达瓦：踏实肯干走上致富路

从鲁玛村出发，沿着干净笔直的农村公路向东行驶 10 余公里，就能看到鲁玛村农牧民专业合作社的苗圃基地。基地里，一株株班公柳、红柳长势喜人。苗圃基地负责人其米达瓦正穿梭其间查看修剪苗木。

没人能想到，致富带头人其米达瓦曾是村里的贫困户之一。其米达瓦 15 岁时双亲离世，家中没有牲畜，更没有一间像样的房子。

“当时我一个人就住在村委会附近的石头房里，只有 15 平方米左右，没有收入来源，经常都是饱一顿、饥一顿，全靠乡亲们的接济。”其米达瓦提及往事，心情十分沉重。

15 岁花一样的年纪，本该做着五彩斑斓的梦，其米达瓦却早早地扛起了生活的重担。他经常来到村上较为富足的村民家中帮工，每天起早贪黑，搬砖、搬木材，各种杂活累活他都干，这么卖力，一年下来最多也只能赚到700多元。

面对生活的苦难，其米达瓦没有低头，而是凭着坚韧和勤劳，努力让日子越过越好。

说起其米达瓦生活的转折点，应该是2002年与妻子扎西卓玛成婚。当时，扎西卓玛带来了50多只羊，从此，夫妻二人就靠着卖羊毛、羊奶和羊肉来维持生计。

2007年，其米达瓦一家搬进了安居房。他做梦都没想到，有生之年还能住上条件这么好的大房子，而且还没有花一分钱。

“感谢党和政府的好政策。但我明白，不能只靠党和政府，想要日子越来越好，首先自己要勤快。”其米达瓦说。

其米达瓦（左一）和鲁玛村驻村工作队队长正在村苗圃基地里检查苗木长势。洛桑旦增 **摄**

2018 年，村里修路，其米达瓦也参与了修路的工作。路修通后，他便开始琢磨，一定要借助这个契机，寻找新的致富门路。于是，他用多年跑工地攒下来的积蓄，同妻子开了一家茶馆，妻子负责日常打理，没想到生意出人意料的好。

2019 年，国家在鲁玛村实施了包括苗圃基地在内的大量扶贫项目，基地建成后，踏实肯干的其米达瓦被干部群众一致推选为负责人，除了平日里的管理维护工作，他还经常走进苗圃，跟着从外地请来的技术人员学习育苗技术。不久后，其米达瓦也可以自己教其他工作人员一些技术了。

“在苗圃基地，我一个月有 3000 元的固定工资，一年当中大概能领 6 个月的工资。冬天苗圃基地没活干，我就会去工地上打零工，现在加上每年合作社的分红以及茶馆收入，我们家年收入接近 10 万元，生活过得越来越好！”其米达瓦开心地说道。

昂卓：当好村医服务乡邻

昂卓，是鲁玛村的一名村医。

40 多年前，17 岁的昂卓作为噶尔县中学的第一批毕业生，参加了地区组织的医学知识相关培训。随后，便被派遣到昆莎乡当村医。23 岁时，昂卓嫁到了扎西岗乡鲁玛村，继续从事“老本行”。

那时候，村医就是十里八乡村民心中的依靠，谁家有个头疼脑热、大病小情，第一时间想到的就是她。在当时，乡村医生没有排班，没有轮值，不分昼夜、不分四季，随时准备着出诊。

说起那时的医疗条件，昂卓用了一个词来形容：“缺医少药”。

“那会村上也没有卫生室，看病诊疗就是在自己家摆一张桌子，没有医疗设备，药品也不齐全。”昂卓回忆道。

20多年前，村上有个姑娘意外烫伤，情况比较严重。昂卓听说后，立马换上白大褂，拎起出诊箱就往姑娘家赶。途中需要淌过一条深及腰部、格外湍急的河水，昂卓救人心切，心中没有一丝惧怕，毅然跳进河中，冒着生命危险艰难淌过河水，抵达病患家中对其进行救治。

村上还有一名叫让珠的老人，常年被胃痛折磨，实在熬不过去了，便找到昂卓。昂卓利用针灸疗法，缓解了老人的病痛。

昂卓服务乡邻的事迹还有很多：凭借经验在邻村发现类似鼠疫的疾病后，她快速请求上级部门派出专家到村里排查，及时控制住了疾病的传播；当病人急需输血时，她毫不犹豫地挽起袖子第一个献血；她还经常拿自己微薄的工资为村民购买急需药品，在大雪天里挨家挨户送药上门——说起昂卓的医术和医德，乡亲们没有一个不竖起大拇指的。

“看到村民生病，感觉就像自己的家人生病一样，一定要想尽一切办法让他们得到救治。”昂卓说。

几十年一晃就过去了，昂卓感慨道：“如今，在各级党和政府的关怀下，农村的医疗卫生条件有了很大的改善，我们有了宽敞明亮的村卫生室、医疗设备更加齐全，也有了更多专业学校毕业的年轻人加入到我们这个队伍中来，真是太好了！”

多年行医，昂卓始终视患者为亲人，视救治为己任，她忙碌的脚步从未停歇。“我当初学医就是为了给村民看病、治病提供方便，只要身体能行，我就要一直坚持下去。”昂卓说。

卫色：妇女群众的贴心人

今年55岁的卫色，2014年起担任鲁玛村妇联主席，2020年正式卸任。

她的岗位虽然平凡，但她都是在尽心尽力地为妇女们服务。

鲁玛村有一个叫曲珍的姑娘，光是提起她的名字，卫色都会不由自主流下眼泪。曲珍30多岁时双亲离世，之后又跟丈夫离婚，接连的变故导致她患上了精神疾病。看到孤苦无依的曲珍，卫色当即决定将她接到自己家里照顾。

在照顾曲珍的两年时间里，卫色定期带她去地区医院做治疗。不久后，曲珍的病情也慢慢好转。

随着自己年岁增长，卫色担心以后不能看护好曲珍。于是，她便向村“两委”班子求助，筹钱给曲珍在自家附近盖了个房子，购买了几十头牲畜，以及米面油等各种物资，希望她能学会独立。

“我最放心不下的就是曲珍了。希望哪天我不在了，我的孩子和村里的所有人都能继续帮助曲珍。”卫色哽咽着说道。

卫色（左一）喜笑颜开地给女儿看自己获得的荣誉证书。洛桑旦增 摄

卫色在村妇女联合茶馆前。洛桑旦增 **摄**

除了帮助曲珍，卫色还为妇女们的工作生活积极谋划，想方设法多渠道地提高大家的收入。

刚上任那年夏天，卫色和其他四名妇女承包了村集体经济的林卡，当年收益就达到 2 万余元。随后，她又把自家空出来的一套房子改造成村妇女联合茶馆，生意一直都很好。去年底，茶馆为全村妇女分红 10 万余元。

在担任村妇联主席的这六年间，卫色家被评为国家级“最美家庭”，她个人也多次被评为“先进工作者”“优秀共产党员”。

（达珍 温凯 洛桑旦增 永青）

扎西岗：边境线上绘新景

从狮泉河镇出发，沿着蜿蜒的狮泉河向西北方向行驶40余公里，便来到了阿里地区噶尔县扎西岗乡扎西岗村。走进村内，只见村道宽敞整洁、小院错落有致，一幅乡村宜居宜业、群众富裕富足的美丽乡村新画卷映入眼帘。

近年来，扎西岗村不断加强基础设施建设，办好民生惠民实事，发展壮大村集体经济，积极探索乡村振兴新路径，让乡村发展更具活力，百姓生活更加幸福。

村里条件今非昔比

今年73岁的曲金，是土生土长的扎西岗村人。说起他的事迹，可谓是无人不知无人不晓。

20世纪80年代，33岁的曲金担任了扎西岗村党支部书记一职。刚上任，一个难题就摆在他面前，扎西岗村连个像样的会议室都没有。

“笔记本装进裤兜里，开会就在草场羊圈里。”是当时村里开会的真实写照。

“开会场地不是在空旷的草场上，就是在羊圈里，赶上个刮风下雨的天气，会都开不下去，有事情了只能由村干部挨家挨户通知。”曲金

扎西岗村全景。次仁曲桑 **摄**

回忆说，“拥有一间像样的会议室，是全村人的期望。”

建造一个村会议室，这个看似简单的愿望，对于只有帐篷、没有一座像样建筑的扎西岗村而言，简直是天方夜谭。

为了建会议室，曲金和村主任苦思冥想，最终想到一个可行的办法，那就是找县上要建筑材料。

“当时没有车辆，我们只能骑马去县上，40 余公里的路程，我们走了整整 12 个小时。”曲金说。

但是，功夫不负有心人，在县有关部门的支持下，建筑材料顺利运回了村里。

开工后，村里党员积极带头，村民主动参与，挑沙子、搬砖块，大伙争先恐后。在大家共同努力下，60 多平方米的村会议室顺利建成，茫茫草原上一座“抢眼”的土木结构建筑拔地而起。

扎西岗乡扎西岗村党群服务中心。洛桑旦增 摄

会议室投入使用那天，村里男女老幼都赶来看，一些党员摩挲着砖块垒砌的桌椅，脸上笑开了花。从此以后，村里开会议事、开展活动都有了去处。

“过去开会在羊圈或空旷的草场，后来到土木结构会议室，再到如今钢筋水泥结构的两层楼的党群活动中心，村里的条件可谓是有了翻天覆地的变化！”曲金感慨道。

村民生活蒸蒸日上

记者走进扎西岗村时，目光被村口一栋气派的双层别墅式民居吸引。询问得知，这里便是此次采访对象格桑平措的家。很难想象，他们家以前是村里最贫困的家庭之一。

格桑平措，土生土长的扎西岗村人。从前，一家人过着和大多数农牧民一样逐水草而居的生活，家里 5 口人，一年下来全家收入只有 2000 余元，日子过得紧巴巴的。

2011 年，初中毕业的格桑平措毅然决然参了军。当兵期间，格桑平措把每个月领到的津贴，全部寄往家中。

在部队，勤奋刻苦的格桑平措因为表现优异多次被评为优秀士官，也获得了进汽车班学开车的机会。没过多久，他便成为了部队的驾驶员。

2019 年退伍后，学得一技之长的格桑平措当上了一名货车司机。他用自己攒下来的钱买了两辆运输车，当时正好赶上扎西岗乡村道路建设的好时期，最多的时候一年能赚到 30 多万元。

2022 年，格桑平措的妻子扎桑开起了小商店。“我们家商店夏天生意可好了，商店和跑运输的收入加起来一年有 10 余万元，日子真是越来越好啦！”扎桑笑盈盈地说道。

格桑平措和他的运输车。洛桑旦增　摄

谈到未来打算，格桑平措信心满满：“今年准备和姐夫合伙再买一辆大车，多接一些运输活，带领家里人一起走上致富之路。”

车子越买越多，格桑平措的致富路也越走越宽。

集体经济日益壮大

沿着狮泉河畔驱车向扎西岗村西北方向行驶 5 公里，便来到了扎西岗村妇女糌粑加工厂。妇女们正在忙着加工糌粑。一粒粒青稞被倒入漏斗形的布袋中，欢快地跳向圆石中间的小孔，经过反复碾磨，诱人的香味随之飘散开来，沁人心脾。

糌粑加工厂负责人贡桑介绍，2017 年，扎西岗村驻村工作队实施兴边富民科技精准扶贫项目，组织村民种植了优质青稞品种。为积极发展乡村产业，2018 年扎西岗村建起了糌粑加工厂，2020 年正式运行，拥有 200 平方米的厂房，以糌粑和菜籽油加工为主营业务。

在村“两委”班子的带领下，糌粑加工厂以市场价收购村民多余的青稞，再加工成优质糌粑，装成小袋推向市场。妇女糌粑加工厂不仅解决了村民多余青稞保管难、容易变质等问题，还增加了妇女收入，提高了村民参与合作社的积极性。

“我们厂里磨出的糌粑口感好，深受干部群众的喜欢，目前还没有专营店铺，但会有不少顾客来到磨坊所在地购买糌粑。”贡桑兴奋地说，“村里的妇女每年不仅能领到分红，还可以去糌粑加工厂工作。大家生活也是越过越好了。”

近年来，扎西岗村“两委”班子及驻村工作队高度重视发展农牧民专业合作社，把促进合作社发展作为引领农牧民致富的突破口来抓，积极利用国家各项惠民利民政策促进合作社实体经济发展，效益日益增长。

目前，扎西岗村农牧民综合特色专业合作社有农牧民施工队、妇女糌粑加工厂和短期育肥羊项目等。2023年，合作社总收入达94万余元，为全村123户360人分红54万余元。

几十年过去了，扎西岗村盖起了漂亮的楼房，修通了宽阔的马路，昔日曲金建的会议室早已不再是村里最抢眼的建筑。黄昏斜阳下，它和周围顶顶帐篷矗立在草原上的景象，只留存在像曲金等老一辈扎西岗人的回忆之中。

（达珍 温凯 永青 洛桑旦增）

典角：初心如磐守边关

沿着狮泉河谷向西北方向驱车一小时左右，便来到了阿里地区噶尔县扎西岗乡典角村。几十年来，典角村干部群众发扬“放牧是巡逻，人人是哨兵”的精神，扎根边疆，以自己的方式驻守着祖国大门，在风雪边境线上抒写着一段段守边的动人故事。

旺扎：让荒芜边境线绿起来

1990 年，30 岁的旺扎带着一家 4 口人，从狮泉河镇加木村搬迁到典角村，这一住便是三十余载。从第一代石头房、第二代土坯房、第三代砖石房，到第四代独家院落的小康房，旺扎一家全都经历过。

“刚到典角村时，条件十分艰苦，房子都是用石头堆砌起来的临时住所。”旺扎回忆道，“现在大家都住上了宽敞明亮的两层别墅式新居，通水通电通网络，各种家电更是一应俱全。几代房的发展景象，无疑是祖国边陲巨变的具体体现，更是群众生活变化的缩影。”

在村里，旺扎称得上是一个能人。无论是自己种菜还是修理拖拉机等，他都能干得非常出色。长年累月，也获得了村民的认可。2009 年，旺扎被村民选举为典角村科技特派员。

任职期间，旺扎主要负责村里供水供电系统的日常管理，以及气象播报工作。当谈起他人生中最引以为傲的事情时，个子不高、话语不多的他挺起胸脯，声音嘹亮："我在典角村里种活了3000株柏树。"

旺扎告诉记者，2013年底，噶尔县下发通知，将采取政府出钱、个人承包的方式，进行一次大规模种树。村民们认为这是一项十分艰巨的任务，都担心种不活树，没人敢接这个任务。

旺扎说："我觉得这是能改善典角村生活环境的好事，总要有人来干，加之自己也是一名科技特派员，一定要有所作为，所以我就接了下来。"于是，旺扎开始了他的种树历程。

说起种树时遇到过的困难，旺扎说："给树浇水是一大难题，因为种树的地方没有水源，只能与村民扛着几个大水桶，骑着小三轮去村边上的狮泉河打水。"

旺扎看着自己种下的树苗茁壮成长，露出了满意的笑容。洛桑旦增 **摄**

就这样，三年里，无论严冬酷暑还是风吹日晒，旺扎每周至少要花上 5 天时间给所有树苗浇一遍水。这对于年过半百的他而言，可不是个轻松的任务，但他硬是咬牙坚持了下来。

功夫不负有心人，旺扎种下的 3000 株柏树绝大多数已经成活。十余年过去了，当年的小树苗如今已经长成了大树，数量也从当年的 3000 余株，扩种到了现在的近万棵。

次仁央宗：把村民事当作自己事

2019 年，来自阿里地区边境村楚鲁松杰的次仁央宗，怀揣着一份朴素的守边情结，来到了同样是边境村落的典角村。

次仁央宗是西藏自治区招录的第一批高校毕业生乡村振兴专干。入职以来，次仁央宗积极协助村“两委”班子成员开展基层党建、乡村振兴等工作，在走村入户、清理环境卫生等工作中，她总是冲锋在前。

“初到典角村时，因为对工作的不熟悉和对村民的陌生，导致前几次的走村入户有些不顺利，其间也有因为村民的不理解而沮丧的时候。”次仁央宗回忆说，“好几次我都在被窝里偷偷抹眼泪，当时就在心里打了退堂鼓。”

可是看到其他热情的村民和村干部，次仁央宗决定再试一试。她重振旗鼓，很快又再次投入到了工作中。每天她早出晚归，实地走访，详细了解村里群众最关切的问题，笔记本上密密麻麻的内容，见证了她与典角村的点点滴滴。

次仁央宗印象最深的就是到老奶奶索南家走访时的情景。因为索南奶奶的孩子需要依季节的交替到不同的草场放牧，因此索南奶奶一个人在家中没人照顾。次仁央宗了解情况后，只要有时间就会去老人家中，

次仁央宗（左一）正在向村民讲解国家相关惠民政策。洛桑旦增 **摄**

陪老人聊天，了解老人的身体状况等。

在后来的一次入户走访中，索南老人的一个举动，让次仁央宗瞬间湿了眼眶：“那是一个很冷的早上，一进门，老人就握紧我的手，说我的手太冰了，立马为我倒上了一杯热腾腾的奶茶。”

就是村民们的一个个暖心举动、一声声亲切的“辛苦了”，让次仁央宗总是充满干劲。5年来，典角村的乡村小道次仁央宗不知走了多少遍，国家相关惠民政策不知讲解了多少遍。

2020年，次仁央宗递交了入党申请书，2022年光荣地成为了一名党员。在一次次走村入户的路上，次仁央宗越来越深刻地领悟到“为党的事业奋斗终身”的内涵。

在像次仁央宗一样默默无闻扎根在基层一线的村干部的不懈努力下，典角村经济社会发展取得了明显进步。全村人均收入从2011年的

6500 元，增加到了 2023 年的 2 万余元；2021 年获得全国民族团结进步示范村称号；2023 年获得全区固边兴边富民基层党组织示范点称号。

久美：三十载驻守风雪边关

今年 55 岁的久美，是生于斯长于斯的典角人。他从 20 多岁就参与边境巡逻，至今已有 30 多年。他比任何人都熟悉边境线上的每一座雪山、每一条河流，甚至每一株草木。

记者见到久美，是在距离村上 10 余公里的牧业点，他的皮肤呈现出高原上标志性的黝黑色，双眼炯炯有神。

久美加入巡边队伍是受到父亲占堆的影响。自打记事起，父亲就经常放牧守边，即便是不用放牧也会到放牧点走上一圈。“只有真正把土地踩在脚下，心里才觉得踏实。”这是父亲经常挂在嘴边的一句话。

20 世纪 90 年代，20 多岁的久美渐渐理解了父亲的坚持，也扛起了身上的责任，在父亲的言传身教中长大的他，在 25 岁那年便加入到了村里的民兵队。

“当时县上派人过来询问有没有加入民兵队的意愿时，我和几个伙伴都非常积极，生怕自己选不上。”久美回忆道。

久美告诉记者，2008 年以前，无论风吹日晒，严寒酷暑，民兵都是骑马巡逻，一去就是一整天。2008 年以来，典角村在几处重要通关口设卡，需要民兵常年驻守。

“我们每次守卡都 10 天一轮，期间吃住都是在卡子上，总觉得在卡子上吃的糌粑和肉比平日吃的香上好几倍。”久美笑着对记者说道。

“典角村规定民兵 60 岁退休，还有 5 年久美就不能干民兵了。”陪同记者采访的扎西岗乡文化服务中心主任索朗次旦的一席话，让对民

久美夫妻俩与村干部在巡边路上。达珍 **摄**

兵工作充满了眷念的久美湿了眼眶。

“再过 5 年，我就要从民兵队伍里退休了，但是我一定会在有生之年继续放牧巡边。”久美告诉记者，“现在我的儿子也加入到了民兵队伍，我一定会让他把这个接力棒接好接稳。”

无论是让荒芜边境线绿起来的旺扎，还是把村民事当作自己事的次仁央宗，亦或是 30 年如一日在边境线上巡逻的久美，每一个典角村村民都在以自己的方式守护着这片土地，他们那颗初心炙热滚烫，日久情深。

（达珍 洛桑旦增 温凯 永青）

象泉河，旦真次旦 摄

源头纪行之象泉河

不似找寻马泉河源头途中偶遇野牦牛、在河水里冒着头的石块上蹦跶着前行的惊心动魄，也不似找寻孔雀河源头时在荆棘丛中下足难、转身亦难，还要淌过湍急河流的步履维艰，更不似找寻狮泉河源头时的路途遥远、中途车辆抛锚的坎坷多舛，找寻象泉河源头简直就是不费吹灰之力。

上午10点左右，笔者早早来到乡政府门口，等候乡干部一同前往。由于其他三大河流的源头探寻过程颇为坎坷，因此笔者一行在出发前，就已经做足了再次经历种种艰难险阻的心理准备。

与噶尔县门士乡宣传委员李加勇碰头后，寒暄几句，便正式开启了找寻象泉河源头之旅。

从门士乡出发，向东行驶，穿梭在群山的褶皱中。正是初夏时节，近处，大地呈灰褐色，粗糙而干裂；远方，一直到天边的地方，却已有青色草原的景象了。

30余公里后，汽车转向西南方向，驶上由砂石铺就的村级公路，公路两侧是渐显绿意的无边草原。茫茫草原上，牧民的牧业点星星点点，白墙黄檐的方正小土屋顶上，五星红旗在风中猎猎作响。仔细观察，一台皮卡、一台货车和一辆摩托车是每户的标配，有些则更多，牧民们的生活正在紧跟着时代的步伐，蒸蒸日上。

走了短短10余公里的沙石路，便到达了门士村四组——象泉河源头所在地。

“这就到了？”起初笔者还没缓过神来，想象中的跋山涉水、偶遇野生动物的场景一个都还没经历呢。直到看到公路边上的介绍牌，上书“朗钦藏布（象泉河藏语名）河源保护区”几个大字，笔者这才相信确实抵达象泉河源头处了。

由于源头泉眼“掩藏”在草原上鼓起的一个个草包之间，车子驶不过，笔者和乡干部一行只能踩着大小不一的草包，徒步一小段路程才抵达源头的泉眼处，这短短3分钟的草甸徒步，就算得上是此行最大的“挑战”了。

源头的泉眼大小好似月轮，静静地嵌在草甸之间，只有看了泉眼周围草丛间溢出的涓涓细流，才感觉得到它在涌淌。

“象泉河以其源头的山谷形似象鼻而得名，象泉河从这里发源后，就一路往札达县城流去，然后流到底雅乡，流出中国，滋养了沿途的每一条

象泉河源头。永青 **摄**

生命。”李加勇说罢掬一捧源头清泉，尝上一口，“真甜、真凉！”

放眼望去，泉眼以下的草原就变得丰茂起来了。不远处的草甸上，有羊群在正午的阳光下拖着圆滚滚的影子缓缓移动。再往前移步，竟偶遇了国家一级保护动物——一对丹顶鹤。

这两只丹顶鹤除了颈部和尾部为黑色，头顶红冠外，通体白色，身姿优雅。在草甸之间，它们悠闲信步，成为一道亮丽的风景线。

这就是象泉河源头，起初不过是从一个不起眼的泉眼流出的涓涓细流，但不要小看这些细流，它们辗转千里，最终汇入入海。

（达珍）

曲龙：景美村美人更美

六月的阿里，已有了夏天的绿意。记者一行驱车沿着象泉河谷行驶，山势起伏，道路蜿蜒，河流湍急。象泉河如同一条青色的缎带，从山谷深处蜿蜒而来，仿佛领着我们进入到一处世外桃源。

翻过一座山头后，眼前豁然开朗，一片水草丰美的山间盆地映入眼帘，象泉河穿行其间，放缓了脚步。北岸依山势而建的一大片古代建筑遗存，便是阿里著名旅游景点——穹隆银城，是传说中的古象雄都城，位于海拔 4400 米的卡尔东山顶，面积 10 余万平方米。

曲龙村坐落于象泉河上游南岸。曲龙，藏语意为“大鹏鸟栖息之地”。

曲龙村鸟瞰图。洛桑旦增 **摄**

曲龙村加尼玛鸟岛。洛桑旦增 摄

这里距离札达县城200多公里，平均海拔4250米，全村127户557人，民风淳朴，风景优美。

走进村庄，一排排整齐的屋舍前后绿意盎然，长在草丛中的格桑花时不时地“探头”，五颜六色的花瓣更像是一条条鲜艳的哈达，热情地迎接来客。

今年43岁的村党支部书记德庆加布刚从村里的植树点浇完水回来，鞋底还沾满了泥巴。他一边热情地跟我们打着招呼，一边有些不好意思地说道：“我们村里的党员每周都要轮着去植树点浇水，今天轮到我了，所以身上都是土。”

“我从小就喜欢绿色植被，放牧时坐在绿悠悠的草甸上，总是幻想自己是一颗小草长在山野里。”德庆加布告诉记者，自担任村支书以来，他带领村民把建设美丽乡村作为推动乡村振兴的重要措施，发挥党组织战斗堡垒和党员干部先锋模范作用，引领村民参与村庄绿化、美化，形成“村支书带头干、党员示范干、村民跟着干”的浓厚氛围，让村庄提升颜值。

“每年义务植树期间，我们村那才叫一个热闹，村干部、党员、村民都加入进来，大家或两人一组、或三五成群，分工协作，合力栽下一株株树苗。现在，我们村已经栽种了6000余棵树苗。”德庆加布说，现在村里不仅实施了道路硬化和绿化美化工程，每周还会组织村民进行清扫垃圾杂物，不仅做到自家房前屋后干净整洁，全村的环境也得到了有效提升。

在曲龙村二组夏季草场上，还有个远近闻名的旅游景点——加尼玛鸟岛。岛上栖息着白头鸥、棕头雁、黄鸭等各种鸟类，周边湖光山色，美不胜收。近年来，为了更好地保护加尼玛鸟岛生态环境，曲龙村安排了生态岗位专职人员，在湖周边不定期进行巡护和清理垃圾，让这里的

曲龙村加尼玛鸟岛俯瞰图。洛桑旦增 摄

天更蓝、水更清、环境更优美。

“环境美了，大家的心情也就美了，致富奔小康的劲头更足了。”德庆加布充满信心地说。

（阿旺扎西 温凯 永青）

东波：土林深处“致富经”

象泉河一路向西，浩浩汤汤，带着咆哮的浪花一头扎进札达县，流淌进地势崎岖、沟壑纵横的土林后，放缓了前行的脚步，孕育出了一片适宜人类居住的札达盆地。

东波村坐落于东南部的土林深处，与象泉河遥相对望，峰壑之间，村民日出而作、日落而息，春生、夏长、秋收、冬藏，在四季轮回中书写着一个又一个发奋图强奔小康的感人故事。

出身贫寒志不穷

走进东波村，宽阔笔直的水泥路上车来车往，道路两旁，颇具藏西特色的房屋错落有致，原村党支部书记达吉伦珠的家就在街道旁。见记者一行前来采访，56 岁的达吉伦珠热情地招呼进屋喝茶。

达吉伦珠家是一个带有院子的平房。走进院子，里面干净整洁，屋内精致的藏式茶几和木床颜色鲜艳亮丽，一尘不染，电视、电冰箱等家用电器一应俱全。

“你们看，现在家里要啥有啥，样样不缺，日子过得可幸福啦，这都是党的惠民政策好呀！”说起现在的好生活，达吉伦珠沉浸在喜悦和幸福之中。

达吉伦珠一边打着酥油茶、一边与记者热情交谈。永青 **摄**

1967 年，达吉伦珠出生在札达县达巴乡东波村。从小在村里长大的他，对过去的苦日子记忆犹新："以前，村里群众受教育程度低，只能靠放牧维持生计。"

幸运的是，达吉伦珠在那段最艰苦的日子里坚持读书。由于接受过一定程度的教育，16 岁那年，达吉伦珠被选为了东波村三组组长兼会计。2003 年，因工作成绩突出，被村民选举为东波村委会副主任。随后，他又加入了中国共产党。

为官一任当造福一方。达吉伦珠认为，作为村委会副主任，身上肩负的不仅是组织的信任，还有村民的期望。

上任不久，达吉伦珠针对村民打水光路上来回就要好几个小时的实际情况，召集 16 名村民，前往山上寻找水源、修水渠。"那次上山一待便是半年，还好最后找到水源，打了三口井，帮助村民解决了用水问题。”达吉伦珠满是欣慰。

达吉伦珠一心为民，因此受到了村民的拥护和信赖，2014 年被选为村党支部书记、村委会主任。

一心为民好书记

在成为村“两委”班子成员后，达吉伦珠把帮助全村脱贫致富作为首要工作目标。

2017 年，在党的惠民富民政策下，东波村成立了奶牛养殖基地专业合作社，以牲畜入股、草场流转、劳动力入股，按劳分配，按入股人数平均分红等方式，将村里的一部分劳动力从单一的放牧中解放出来，通过多种方式增加群众收入。

合作社成立之初，达吉伦珠发现村民对合作社认识不够深入，集体意识十分淡薄，只关注自家“一亩三分地”，对参加合作社的工作积极性不够高。因此，他的身上又多了一份职责——当好村民与合作社之间的“桥梁”。

“刚开始由于大家对合作社不了解，有的村民不愿意加入，甚至还有人恶语相向。”达吉伦珠说，那段时日里，他白天忙完村委会的工作，晚上挨家挨户做思想工作。功夫不负有心人，通过达吉伦珠的努力，赢得了大家的理解，全村 22 户 80 人加入了合作社。

“合作社现有成年牦牛 30 头、小牛犊 30 头，生产的酥油、奶渣、酸奶、牛毛等产品，由合作社统一销往外地。去年，合作社共获得 18.3 万元收入。”达吉伦珠说。

同年，达吉伦珠从村集体经济中支出了一部分经费，购买了两辆装载机，帮助从放牧中解放出来的劳动力从附近工地上揽活，实现在家门

达吉伦珠（中）在牧业点上与奶牛养殖基地的工作人员合影。洛桑旦增 摄

口就业。

从此，村里从过去单一的传统牧业发展到了多种产业并存，群众收入也得到了提高。

"如今，我们不放牧也能增收致富，对于祖祖辈辈以放牧为生的我们来说，以前是绝对想不到的。"村民次仁多吉告诉记者，"老书记为了能让我们过上好日子，真是操碎了心。"

合作社里巧致富

采访当天，在东波村惠民超市，记者看见货架上摆满了生活用品和食物等商品，前来购物的村民络绎不绝。

2016年以前，东波村没有一家像样的小卖部，村里的日常生活用品都是外地商人前来销售，不仅价格高，而且质量也得不到保证。达吉伦珠上任后，依托惠民政策和本村实际，在村委会门前开了这家惠民超市。

“我们村的这家超市，日用品、生活用具、食饮品、小家电等应有尽有，而且价格稳定、质量有保证，方便极了。”聊起这家超市，村民普布赞不绝口。

达吉伦珠介绍，这家超市是东波村具有集体和合资性质的超市，总投资 10 万元，自开业以来，每年盈利稳定在 5 至 6 万元，每年村里都会按入股比例进行分红。

在达吉伦珠的示范带动下，村妇女主任白玛央金也主动担起了超市“管家”的职责。不仅如此，白玛央金还积极鼓励东波村妇女开办妇女联合茶馆、裁缝店等，靠勤劳双手增收致富。

“我现在不仅每月能领 3000 元工资，再加上各种分红补贴，一年

白玛央金在东波村惠民超市内清点商品。达珍 摄

下来，总收入有10万余元，日子过得越来越红火啦。”身兼数职的白玛央金兴奋地对记者说。

2021年，达吉伦珠不再担任村党支部书记，但他依旧怀揣初心，在有生之年继续发挥余热，奋战在村里大小事务第一线，与村民一起昂首阔步在共同致富的道路上……

（达珍 洛桑旦增 温凯 永青）

达巴：土林深处幸福歌

“达巴”，藏语意为“箭头落地之处”，是古格时期的达巴王所建的王宫和城堡所在地。传说在选择修建地址时，达巴王拉弓射箭，箭落地之处生出莲花祥瑞，于是便选择此处建造王城。象泉河的支流之一达巴河从北向东南汩汩流淌，滋养着这片村落。

近年来，在党和政府的大力扶持下，阿里地区札达县达巴乡达巴村呈现出村容整洁、宜居宜业、生活富足的美丽乡村景象。矗立在村庄北坡土林上的达巴遗址，见证着村庄的发展变化和村民的幸福生活。

勇闯致富新门道

走进达巴村，宽敞的水泥路通到每家每户，一座座红檐黄墙的藏式民居在阳光照耀下显得特别温暖。其中，白色楼房的达瓦卓玛家庭旅馆在这里显得格外醒目。

记者抵达时，刚好有一拨客人收拾好行囊离开，昨日还热闹非凡的家庭旅馆恢复了短暂的平静。老板达瓦卓玛手脚麻利地换床单、扫地、整理屋子，让它很快又以干净、温馨的面貌准备迎接下一拨旅客。

今年 50 岁的达瓦卓玛是土生土长的达巴村人，开办家庭旅馆之前，达瓦卓玛是一个牧民，家里的主要收入来源于放牧，她每天需要照料家

达瓦卓玛正在整理客房的床铺。达珍 **摄**

里的 30 多只羊和 6 头牦牛，一直过着“靠天吃饭”的生活。

2003 年，达瓦卓玛和旦拉结婚后，她拿出 6 万余元积蓄，在村里开了一家不大的茶馆，凭借着自己的勤奋努力，茶馆生意越来越好。

“茶馆的生意一直都很火，来喝茶的人也非常多，大部分都是从外地来的游客、民工等，经常会遇到询问村里有没有住宿的客人。”于是，达瓦卓玛滋生了开旅馆的想法，在和家人商量后，2008 年她开办了达巴村首家家庭旅馆。

达瓦卓玛介绍，起初她家的家庭旅馆只有两间房，冬天也是靠火炉取暖。由于是第一次开家庭旅馆，达瓦卓玛格外担忧旅馆的收益问题，但是第一年旅馆就收入了 2 万余元，之后也是逐年递增，达瓦卓玛尝到甜头后，坚定了继续开下去的想法。

2021 年 8 月，达瓦卓玛一家投入 100 多万元，新建了 300 多平方米的楼房，家庭旅馆扩建成4间房，同时经营着茶馆和商店。如今，达瓦卓玛家还买了挖掘机和装载机，丈夫旦拉也组建了一支施工队，收益好的时候一年能有40多万元。“日子真是越过越红火了。”达瓦卓玛脸上满是笑容地说。

增收致富路子宽

在达瓦卓玛的茶馆里，记者见到了她的丈夫旦拉，也是达巴村农牧民施工队负责人。

旦拉是日喀则市谢通门县人，2002年，他跟着施工队来到了达巴村，凭借着木工技艺，他在这里发展得顺风顺水。刚来那年他30岁，是村里的大龄单身青年，生活有了着落后，旦拉也开始考虑起自己的终身大

达巴村农牧民施工队负责人旦拉和他的挖掘机。永青 摄

事，一年后，他与达瓦卓玛结了婚，就一直留在了达巴村。

因为有了工地上工作的经历，旦拉在达巴村生活的这二十几年来，一直坚守“老本行”，他先后从拉萨购买了拖拉机、大车、装载机等机械，常年忙碌奔波于札达县各个建设工地上。旦拉在靠勤劳致富的同时，也不忘帮助乡邻，2016年，他创办了达巴村农牧民施工队，通过争取项目，教会更多达巴村农牧民群众掌握基本的施工技能，带领他们增收致富。

“目前，在我的施工队里有达巴村群众16人，挖掘机两辆、装载机3辆、大小车4辆，去年承建施工项目两个，总收入有189万余元，按照村里的规定，以总收入的5%交由村集体分红，共分红12万余元。”旦拉告诉记者。

此外，村里为了发展经济，依托达巴河砂石资源，于2019年成立了达巴村砂石料场。据砂石料场负责人格桑石确介绍，目前，全村共有117户参与入股，去年总收入达240万余元，每户分红4000元，每户脱贫户分红500元，发放人工费16万余元、机械费98万余元、油料费48万余元。

“现在呀，只要我们能把握住机会，增收致富的路子就很多。我家有一辆大车，去年通过给村里的农牧民施工队、砂石料场和其他施工队开车跑运输，加上各种政策性补贴，我家一年总收入就有20余万元，这日子真是越过越红火了。”村民次仁久美乐呵呵地说道。

奶牛养殖产业兴

临近傍晚，记者来到达巴村三组，映入眼帘的是一片水草丰茂的草场，远处挺拔多姿的土林在落日的余晖下蒙上了一层绚丽的光彩，达巴村三组奶牛养殖基地就坐落在这片土林之中。

达巴村三组奶牛养殖基地鸟瞰图。 达珍 **摄**

记者到来时，恰逢村民扎西次仁结束了一天的放牧生活。他一边赶着牛群，一边卷着牦牛毛线，向着奶牛养殖基地走去。

“这些牛都是村合作社的牦牛，每个月我们合作社安排 4 户人家轮流放牧，这几天刚好轮到我了。”扎西次仁告诉记者，“在奶牛养殖合作社成立后，我们家以 1 头母牛和 1 头小牛犊入股加入了合作社，去年分红拿到了 4400 元，我相信以后合作社定会越办越好。”

2018 年，国家为达巴村三组投资 485 万元，用于奶牛养殖建设项目，包括基地房屋、30 亩草场种植及院内附属设施等建设。2021 年，札达县政府投资 96 万元，用于采购 63 头母牛、2 头公牛，达巴村三组奶牛养殖基地开始正式投入使用。

近年来，达巴村以“产业兴旺”为目标，立足本地丰富的资源优势，大力发展畜牧专业合作社，努力让特色产业成为村民增收致富的重要途径。“2023 年，奶牛养殖合作社共有 22 户群众以牲畜入股方式参与入股，每户分红 4400 元，每户脱贫户分红 1800 元。”奶牛养殖基地负责人次仁多布杰说道。

过去，达巴村牧民家的牦牛都是散养，鲜牛奶、酸奶、奶渣等奶制品除了村民自食之外，只有极少数出售。

“现在，有了奶牛养殖基地，合作社的牦牛都是集中养殖，每年 3 月至 12 月是在基地里饲养外，剩余 3 个月在冬季牧场放牧，现在共有牦牛 120 头，其中母牦牛 94 头，每天能产 32 斤左右的鲜牛奶，去年通过到邻村和县城销售产品，总收入达 20 余万元。”次仁多布杰介绍说。

在奶牛养殖基地里，两三名牧民妇女正在挤着牛奶，阳光覆盖的笑脸诉说着增收的喜悦，和天边温暖的夕阳相映生辉，无比灿烂，牛群不时发出哞哞的叫声，犹如达巴村特色产业振兴的铿锵之声。

（永青 温凯 达珍 洛桑旦增）

波林：绿树如墙入画来

札达县城，象泉河谷，除了河岸两侧些许一人高的灌木丛外，满眼皆是土林苍凉而单调的黄色，在夏季毒辣的阳光挥洒下，略显烦闷。

然而，从县城出发，沿着河谷朝古格遗址下行十余公里，来到托林镇波林村时，忽见上千株二三十米高的杨树成排矗立，如绿色的高墙，护卫着掩映其间的屋舍农田。

在这个以种树和环保闻名的小村庄，生态文明建设不仅是一种习惯，更是一种传统，妇孺皆知、世代相传，在象泉河亘古不息的风沙中，依然打造出了一片宜居宜人的河畔绿洲。

波林村（无人机拍摄）。洛桑旦增　摄

此生不渝种树梦

时光回溯到20世纪90年代初，15岁的少年扎西平措和其他孩子们，在全村大人的带领下，沿着村道两侧种下了今天波林村里的第一批杨树。

父母让扎西平措拿着小铲子一个接一个地刨坑，再等大人们过来种下树苗。直到最后一个坑时，他和另外两名小伙伴抓起大人扔在一边的5棵树苗，略显随意地一把插了进去，完成了人生第一次种树体验。

“波林村是1975年从100多公里外的山沟里搬过来的，以前这里是一片荒地，没有一棵树木。”如今，已经担任了两届波林村党支部书记的扎西平措说，“到了90年代，村里还只有土坯房和砂石路，下雨一身泥，刮风一身土。”

当时的村民们觉得这样下去不是办法，自发地萌生了要改善环境的想法。于是，在那个生活物资都略显匮乏的年代，大家咬紧牙关、克服困难找来树苗，种下了上千棵杨树，才有了今天绿墙高耸、林荫蔽日的美景。

在这样的熏陶中长大，种树也自然而然地成为了扎西平措这一代人一辈子追求的梦想。时至今日，波林村在他的带领下，把种树写进了村规民约，规定每户群众每年至少种树10棵，采取谁种谁负责的制度，如果树苗没有成活就要立马补种，确保树木成活率达90%以上。

此外，村里还以党小组、作业组、“双联户”等为单位，规定相应的集体种树任务，在全村仅有95户329人的情况下，每年种树超过5000棵，自治区级公益林面积达到4万亩，林草覆盖率达60%。

“我会把树继续种下去的，希望现在的孩子们到我这个岁数的时候，今天您说的这道绿墙能变成森林。”扎西平措对记者说。

扎西平措手抚着当年亲手种下的杨树，十分自豪地向村干部讲述当年的故事。温凯 摄

30年后，站在当年亲手种下的5棵参天大树之下，扎西平措手抚树干、满脸骄傲，露出了父亲般慈祥的笑容。

绿树伴得幸福来

每年3月，当藏西高原大部分地区还冰冻三尺、寒气逼人的时候，波林村的群众就已经忙碌起来了。他们在村“两委”的组织下，每家每户或是出人或是出车，浩浩荡荡地来到100公里外的山沟里拉树苗。

车子开不到的地方，大家就骑马进去，然后只取树苗、不砍树根，保证了原生地的自然环境不被破坏。

“这样的活动前后要持续20多天，取够全年的种树量后才返回。”扎西平措说，“大家都知道这是为了改善村里的环境，因此积极性很高，

在林荫下纳凉的老人与孩子们。温凯 摄

每户至少都会派出一人参加。”

树苗拉回来后，便是分配任务，每户群众的种树量都超过了村里规定的 10 棵。扎西平措还去札达县自然资源局要来种子，在村子四周种上了鲜花，又从底雅乡找来柳树苗子试种，2022 年的成活一半，2023 年的全部成活。

“2022 年种得晚了，导致成活率不高，今年我掐准时间，在 4 月前把苗子种下去，就全部活了。看到我成功后，群众都来找我要苗子。”他骄傲地说道。

如同这弥散开的绿意一般，波林村的日子也是越过越红火，实现了经济发展和生态文明相辅相成、相得益彰。

2006 年，村里告别土坯房，盖起了安居房；2008 年，修通了硬化道路；2015 年，自来水工程完工，大家再也不用挑水度日了；2017 年边境小康村建设启动，全村群众住进了别墅式的新居；2019 年，污水处理工程完工，废水必须经过处理后再排入象泉河，新建的自来水管道也开始通水；2021 年，全村人均纯收入达到 3.7 万元，出售苗木收入达 20 余万元，绿水青山变为金山银山的愿景成为现实。

正值农忙时节，村里的青壮年都外出务工或到田里忙活了，人影寥寥，只有几个年幼的孩子在树荫下玩耍嬉戏，不时好奇地瞅一眼记者这张陌生的脸庞。

他们灵动的身影如同这个村的现在和未来一样，充满了活力。

村美人和新画卷

漫步在波林村的各个角落，除了花草树木，要想发现一片垃圾真的是件很难的事——

树子绿了，房子美了，日子富了，更要把这来之不易的环境维护好，这是全村人的共识。

据扎西平措介绍，不用“两委”班子动员，群众每周都会自发拿着工具打扫房前屋后和公共地带，公共厕所则每周轮换安排一户清扫，全村设置了 4 个公共垃圾箱，每户配发了一个垃圾桶，在札达县环卫队的帮助下，基本上两天就要清理一次垃圾。

同时，村里每季度要对群众家庭环境卫生进行一次评比，年底开展总考评，并对表现突出的给予奖励，形成了你追我赶、互相比拼的良好氛围。

托林组副组长旺堆在去年的考评中拿下第一，得到了村里奖励的扫帚等工具。走进他家，尽管没有太奢华的装饰，但胜在窗明几净、整齐有序，一大丛茂密的木槿盛开着朵朵粉色的花。

“每天干完活回家，我们都要把屋子内外打扫一遍，然后再洗个热水澡，既舒服又精神。”旺堆笑着对记者说，“现在家家户户24小时通水，我们还购置了热水器，每周要洗好几次澡，村里绝对看不到一个邋遢的人。”

略让旺堆惆怅的是，由于每家每户的环境都很好，竞争过于激烈，从来没有哪户人家能够连续胜出，因此今年的第一名也不知花落谁家。

百花齐放春满园。得益于全村上下的齐心协力，波林村先后荣获了自治区级生态村、自治区文明村镇等殊荣，并连续两年在托林镇三级干部会议环境卫生评比中荣获第一名。

从村里步行出来5分钟，便是波林村近些年种出的柳树林，已经长到一人多高，满目苍翠，望不到边。如果说，当年扎西平措的父辈们种下了波林村的根，那么今天，他们这代人则继承了波林村的魂。

通过两代人的不懈努力，山清水秀、天蓝地绿、村美人和的美丽画卷正在波林村徐徐展开，而象泉河吹来的风，也多了几丝香甜的气息。

（温凯 张晓明 刘倩茹 洛桑旦增 达珍 永青）

札布让：小康路上晒幸福

溯象泉河而行，厚重的历史韵味扑面而来。

公元9世纪中叶，吐蕃末代赞普朗达玛的重孙吉德尼玛衮，在吐蕃崩溃后率领亲随逃往阿里，在距离今天札达县城10余公里的象泉河畔，建立起了古格政权。延续了700多年的古格文明，在西藏历史上有着举足轻重的地位，它的悠久历史和神秘传说让人心生向往。

抬头遥望，洞窟、碉楼、王宫、寺庙、佛塔组成的巨大城堡遗址，依山而建，蔚为壮观。而位于遗址一旁的托林镇托林居委会札布让组，

阿里地区札达县古格遗址（无人机拍摄）。洛桑旦增 摄

依托着这一独特的自然及人文景观，大力发展旅游产业，延伸住宿、餐饮等相关产业链，充分活跃县域旅游消费市场，书写了旅游富民和乡村振兴的崭新篇章。

家家吃上“旅游饭”

漫步在札布让，整洁的水泥路两旁杨树迎风摇曳，像是在迎接着每一位远道而来的客人，一幢幢白色的藏式二层小楼掩映其中，这个由河北省石家庄市援建的旅游小康示范村早已褪去了昔日的破败，变成美丽的乡村。

近年来，随着旅游业的发展，札布让群众纷纷开起了家庭旅馆，次仁多杰一家就是靠开办家庭旅馆走上致富之路的先行者。

记者走进家庭旅馆，只见院内干净整洁，各种鲜花争奇斗艳，客厅柜子上摆满了次仁多杰一家与游客们的合影。

次仁多杰介绍，以前他家的旅馆只有两间房、12 张床位，由于水电不通，洗浴设施不齐备，住客时常抱怨连连，在不得已的情况下才会选择入住，一年下来也没有多少收入。

“在河北省的援建下，我们一家搬进了 200 平方米的新房子，不仅通电通水，电视、独立卫生间、洗澡间等一应俱全。”次仁多杰说，“我家现在有 3 间房 21 张床位，每个床位每天 80 元，去年通过家庭旅馆收入和各种国家补贴，总收入有 13 万余元，生活质量有了很大提升。”

2017 年，次仁多杰的旅馆接待游客 360 余名，年创收 2.1 万元，被西藏自治区旅游星级饭店评定委员会确定为银星级家庭旅馆。

次仁多杰的家庭旅馆是札布让村旅游扮靓幸福生活的缩影。目前，全村 38 户中 32 户开了家庭旅馆，拥有床位近 700 张，平均每户靠家庭

次仁多杰在家庭旅馆里给花浇水。洛桑旦增 摄

旅馆年收入达 3.6 万元，群众名副其实地在家门口吃上了“旅游饭”。

旭日初升，金黄的阳光遍洒这座幸福村落，村民们迎着朝阳，又开始了一天忙中有序的生活，远处赫然矗立的古格遗址默默注视，见证着这里的华丽蝶变。

乡村振兴“新路子”

临近中午，阳光明媚，微风习习。在札布让村古格遗址景点售票处，前来观光的游客络绎不绝。

在景点入口处，观光车司机央培正在炎炎烈日下等着游客坐满，这已经是他今天第 15 趟接送游客了。见到有乘客上车，他连忙一把拭去脸上的汗水，面带笑容地提醒大家抓好扶手，注意安全。

送完游客后，央培与记者闲聊起来：“现在是旅游旺季，来古格遗

在古格遗址景点，观光车司机央培正在接送游客。永青 摄

址旅游的人特别多，最忙的一天，需要来回接送游客 60 多趟。能在家门口实现就业，每月还有 9000 元的工资，我觉得既充实又开心。”

近年来，札布让牢牢抓住全面推进乡村振兴战略的机遇，大力开展旅游基地创建工作，通过实施“文化 + 旅游 + 乡村振兴”的发展模式，创新发展古格遗址观光车旅游项目，让村民在增收致富的路上越走越宽。

目前，古格遗址景区的观光车项目是由村民集体经营，车票每张定价为 20 元，共有 5 辆观光车。今年观光车从 5 月 9 日开始运营，平均每天有 378 名游客乘坐，仅两个月收入就达到 37 万余元。

乘坐央培驾驶的观光车前往景点的游客孙女士，对此次乘车体验给出了极好的评价：“乘坐观光车既环保又方便，驾驶员也特别热情好客，让我们的旅程十分轻松愉快。”

放眼四周，一辆辆观光车正满载着游客往来穿梭，乐此不疲地行驶在盘山小路上，一趟接着一趟……

妇女茶馆“笑声欢”

在古格遗址景点入口处的札布让妇女联合茶馆里，坐满了来自五湖四海的游客，大家正兴致勃勃地分享着旅途中的趣事，而一道如小鹿般灵活穿梭在各个角落的身影吸引了记者的目光，那便是轮到今天在茶馆值班的员工卓玛吉。

“通过在妇女茶馆务工，去年我领到了工资 5400 元，再加上家庭旅馆收入，茶馆分红以及各种国家补贴，总收入达到 10 余万元。我还参加了村里组织的厨师技能培训，厨艺也得到了提升。”卓玛吉笑着对记者说。

2021 年 3 月，为有效带动札布让妇女靠双手勤劳致富，进一步改善生产生活方式，村妇女集体专业合作社出资 6 万元，开办了札布让妇女联合茶馆，共有 24 名妇女员工。2022 年底，札布让妇女联合茶馆为全村 32 名妇女共分红 16 万元。

像卓玛吉一样通过旅游致富的群众，在札达县随处可见。据札达县委常委、宣传部部长普布介绍，近年来，札达县依托古格都城遗址、札达土林国家地质公园等资源禀赋，积极推进“旅游兴县、开放富民”发展战略，旅游业取得可喜成绩。

“2022 年，札达县旅游人数达到 22.09 万人次，旅游总收入突破 3 亿元大关，达到 3.09 亿元，带动餐饮、家庭旅馆、特色产品销售等相关产业发展，札达旅游迎来了新的发展机遇期。”普布说道。

在妇女茶馆里，游客们三三两两地坐在一起休憩，吃着藏面，喝着甜茶，互相谈笑着。而忙碌地为他们提供服务的卓玛吉脸上也带着笑容，那笑容既饱含对游客的热情，更带着对美好生活的向往，格外灿烂。

（永青 张晓明 温凯 刘倩茹 洛桑旦增 达珍）

东嘎：守护历史与未来

要说古代阿里的母亲河，非象泉河莫属。

从冈底斯山南坡的源头涌出后，象泉河在流经土林时放缓了前行的脚步，孕育出了适宜人类居住的札达盆地，成为了西藏西部最为重要的古代文明发祥地。历史上著名的象雄王国、古格政权都曾在象泉河流域创造过辉煌灿烂的文化，坐落在札达县托林镇东嘎村境内的皮央东嘎遗址，便是古格历史的重要组成部分。

千百年来，祖祖辈辈的东嘎村群众在遗址旁日出而作、日落而息，早已把遗址视作自己家园的重要部分，像爱护眼睛一样爱护着它，涌现出了一个个以守护遗址为毕生使命的可敬人物，流传出了一段段为守护遗址而不计得失的感人佳话。

他们守护的不仅仅是那一段历史，更是守护着我们共同的未来。

仁增旺扎的使命

早上 9 点，当第一抹朝阳把皮央遗址顶上的杜康殿照亮时，74 岁的老党员仁增旺扎就已经起床，拎着酥油茶壶，花费半个小时爬上山顶，开始了他作为文物保护员一天的工作——这份工作，他坚持了整整 20 年。

皮央、东嘎是两处相距很近的遗址的合称，分别以东嘎村的两个作业组而得名，是个存续1700多年、西藏西部已知年代序列最为完整的古遗址群，其多个礼佛窟内有大量精美壁画，画风绚丽、用料考究，具有重要的历史研究价值。皮央遗址紧靠皮央组的易地扶贫搬迁新居，依山而建，俯瞰河谷，有大小洞窟872窟，远远望去形似蜂巢。

2002年，为了加强文物古迹保护工作，札达县文保部门开始在当地群众中聘用文保员，仁增旺扎是村里首批成员之一。

“在我很小的时候，就常听大人们讲山上的这些洞窟是历史文物，十分宝贵，所以一直就有为它们做点什么的愿望。”仁增旺扎说道，“得知有机会参与遗址保护工作，我就赶紧去报了名。”

从那时起，仁增旺扎每天都要上山好几趟，除了打扫卫生，检查古建筑及洞窟是否有渗水、坍塌等危险之外，还要保管杜康殿的钥匙，负责为游客开门。

这么多年下来，他走完了遍布山体四周的872个洞窟，为杜康殿开合了数万次大门，还自学了国家通用语言文字和历史文化知识，为远道而来的客人们免费提供讲解服务。

一天一天，随着每年工资从600元增长到1.68万元，仁增旺扎也慢慢老了，腿脚越来越不灵便了，以前上山只需15分钟，现在则要半个小时，高血压、视力减退等疾病更是给他带来了极大的不便。特别是2022年一场大病让他得了中风，导致嘴角歪斜，到现在说话都有些含糊，要靠得很近才能听清。

近几年随着游客日益增多，仁增旺扎的任务更加繁重了，最忙的一天，他陪着游客上山达到了15次，这对于一个70岁高龄的老人来说，实在是难以承受。于是，他干脆就带着糌粑和酥油茶早早上山，一天都在山上呆着，再也不用跑那么多趟了。

就在记者采访之际，又有游客抵达，想要上山游览。当记者提出换

拎着酥油茶壶准备爬上皮央遗址的仁增旺扎，每天他要花费半个小时上山，为游客提供服务。温凯 **摄**

个人去的建议时，老人坚定地摇了摇头，轻声说了一句，干完今年我可能就要退休了，便头也不回地上山去了。

他佝偻着腰，略显小心地走在坡道右侧，不时要扶一下护墙，或是停下来轻微地喘口气，也许是担心身后的游客等急了，每次只歇息个几秒又继续赶路。

看着他颤颤巍巍的身影在山上渐行渐远，只剩遮阳帽晃悠悠地依稀可见，记者努力地睁大眼睛，不让眼泪滑落下来。

白玛旺杰的坚持

2002 年不仅对仁增旺扎有着特殊的意义，对白玛旺杰也是如此。那一年，38 岁的白玛旺杰当上了东嘎村党支部书记，一干就到现在。

在这 20 年里，白玛旺杰带着全村群众，坚持做着一件其他普通村子里很难遇到的事情——为遗址里的古建筑刷墙。

“西藏的宫殿和佛塔这些古建筑的外墙，大多是用砂石和泥土涂抹成红白两色，时间长了，就会掉色或是染上污渍，不仅难看，也不利于外墙保护。”白玛旺杰对记者说道。

因此，与仁增旺扎同样有着强烈文物保护意识的他，从当上村支书的那一天起，在征得上级主管部门同意后，就开始组织群众自发为古建筑刷墙。

据他介绍，白墙比较简单，去象泉河边上拉一车白砂，再配以其他原料，熬上一大锅煮开搅拌后就可以涂刷了；最难的是红墙，必须找来红土才行，而东嘎村本地没有红土，要到别的地方采购，加上为了不破坏红土产地的环境，他们只能一年换一个地方，更是难上加难。

为了每年的红土，白玛旺杰可谓操碎了心，他不仅走遍了札达县的所有乡镇，甚至还经常跑到隔壁的普兰县。而且找到红土只是第一步，

皮央遗址及皮央组（无人机拍摄）。达珍 摄

还要经过当地群众的同意才能拉走，有的则以现金和青稞作为交换，每年大约需要 500 斤青稞才能换来足够的红土，全部来自东嘎村群众的自愿捐献。

白玛旺杰说，群众捐粮的积极性很高，但凡需要的时候，他刚一通知，大家就扛着一袋袋的青稞来到村委会了。2019 年，仁增旺扎捐了 100 斤青稞，这也是他人生中最后一次捐粮，因为从那之后，村里每次都婉拒了他。

“去年的红土是从普兰县科迦村拉来的，好在人家比较客气，只收了我们 1000 元的运费。”白玛旺杰笑着说道。

2016 年，是白玛旺杰“找土”生涯中最开心的一次。在普兰县巴嘎乡，当地群众听说他是为了粉刷文物而来的，颇为感动，就大方地让他随便挖，不收一分钱。于是，他和一名群众挖了整整一天，挖够了足足三年的用量，才开心地哼着歌回到东嘎。

土找回来之后，每年的藏历九月之前，白玛旺杰就组织群众每户出一人，浩浩荡荡地上山，一天之内完成所有的刷墙任务。虽然不曾亲眼见到，但记者完全可以想象，那时的夕阳，洒在古建筑崭新的外墙和村民们开心的笑颜上，一定宛如油画。

做一件好事不难，难的是坚持做 20 年的好事；一个人做好事不难，难的是一个村的人坚持做好事。

这样的坚持，还在继续。

达瓦加布的幸福

每个来到皮央遗址的人，都会在村口遇到笑意盈盈的文保员兼售票员达瓦加布，然后在他的热情帮助下停好车辆，听他说一下参观遗迹的

从皮央遗址俯瞰皮央组易地扶贫搬迁新居，下方搭遮阳棚处即为达瓦加布的售票处和茶馆。温凯 **摄**

注意事项和简单介绍。如果下山肚子饿了，还可以在他家开的茶馆里，吃上热腾腾的咖喱饭或者牛肉面，价格公道，分量十足。

从达瓦加布的笑脸上就能看出，幸福的人总是相似的。不算自家的农牧业生产收入，光是文保员和售票员两项工作，每年就能给他带来4万余元的工资，2018年，他仅自筹4万元，就住进了90平方米的易地扶贫搬迁新居，去年又在村口开起了茶馆，生意很是不错。

“除了售票，我每天上午和下午各要上山一次，和其他文保员一样，负责遗址的卫生清扫和安全检查。”达瓦加布一边劝记者多吃点刚煮好的牛肉，一边说道，“很感谢党和政府为我们提供了这样衣食无忧的生活，我会好好珍惜。”

一旁的札达县旅游发展局局长达瓦卓玛介绍说，皮央东嘎遗址作为全国重点文物保护单位，县里一共安排了包括仁增旺扎和达瓦加布在内的 15 名文保员，这些群众除了确保遗址的日常维护外，还能在不太影响农牧业生产的前提下，过上按月领工资的新生活，实现了文物保护与收入提升的共促进、同发展。

达瓦加布 18 岁的儿子嘎玛扎西正在拉萨读高中。每年放寒暑假回家，他总会陪着儿子到皮央遗址里转一圈，这是为了让儿子记住，家和皮央遗址永远都是在一起的，只有遗址在，家才会过得好。

“将来我们老了，他们这一代人就有可能要当文保员了，希望他们能守好遗址，建设好东嘎。”达瓦加布认真地说道。

在他身后，皮央遗址巍然矗立，默默注视着脚下的村庄和往来的人群，杜康殿鲜红的外墙反射着太阳的光芒，洞窟里精美的壁画穿越千年时光，绽放出无穷的魅力。

它还会这样矗立很久，很久。

（温凯 张晓明 刘倩茹 洛桑旦增 达珍 永青）

底雅：仁增旺姆的“宣舞人生”

象泉河在札达县底雅乡底雅村拐了个弯，就像转了个舞步，欢快地跳跃着，一路改道，由东向西奔腾而去，一直奔向下游的什布奇村。

底雅，又名“地牙”，源于象雄语，是藏语系的一种，意为“水质好、村庄美”，被誉为“阿里小江南”，平均海拔3200米，气候湿润，鸟语花香。

在底雅村一个绿树掩映、溪流潺潺的半山坡上，一个身材高挑的60岁老人，身着艳丽的藏式服装，在阳光下翩翩起舞，她的嘴里唱着歌词，她的步伐由慢变快，仿佛忘记了自己，忘记了是在自家门前草地，而是在节日舞台。

她，就是仁增旺姆，底雅乡唯一的自治区级宣舞非遗传承人。

太阳高高照着，风轻轻吹着，仁增旺姆忘情地跳着。在这个忘情瞬间，我们仿佛看到一个懵懂少女，一步一个脚印，从底雅跳到札达，从青丝跳到白发，在漫漫人生路上，用舞步绚烂着自己的“宣舞人生”。

从蹒跚起步到人中翘楚

仁增旺姆的家，在底雅村荣堆组。在这里，马阳河和荣堆河合二为一，一路浅吟低唱，流进了象泉河。

从小就喜欢跳舞的仁增旺姆，15 岁那年，迎来了人生的第一次选择。那一年，她选择了宣舞，喜欢上宣舞优美的舞姿、柔美的曲子。她跟父母学，跟村里的长辈们学，甚至在夜深人静时，她还一个人在院子里偷偷地学。

在宣舞中，她感受到快乐，忘记了忧伤。她暗自下定决心，一定要学会宣舞，跳出精彩的人生。

宣舞是一种极富古韵风情且雍容华贵的，以说、唱、跳相结合的藏族传统抒情歌舞。“宣”是象雄语，是汉语翻译时的音译，“玄”“宣”“鲜”都有人用过，都表示“歌舞”之意。宣舞基本表演形式是女舞者双臂相连，男舞者手持皮鼓伴奏。盛装的舞者边唱边跳，舞蹈节奏先慢后快。

宣舞与另外两种阿里流传的“卡而”和“卓”（包括锅庄），是具有浓郁象雄文化特色的两大系列歌舞。2008 年，经国务院批准，宣舞

身着华丽宣舞服饰的仁增旺姆。达珍 **摄**

列入第二批国家级非物质文化遗产名录。

底雅乡地处峡谷，是宣舞盛行之地。底雅宣舞同古格宣舞一样，原是一种宫廷舞蹈，在旧西藏，只有贵族才能享有。而现在，在社会主义新西藏，它早已成为劳动人民的舞蹈，在节日盛会、在朋友聚会，在盛大舞台、在田间地头，无论何时何地，人们都可以自由、快乐、尽情地跳舞，表达自己的内心真实情感和对美好生活的热爱。

仁增旺姆就是从父辈们那里继承了宣舞，继承了这一独特的非物质文化遗产。从学习宣舞的那一天起，仁增旺姆就没有停止舞蹈的步伐，她一步一个脚印地前进，逐步成为同辈中的佼佼者，成为底雅宣舞骨干和非遗传承人。

在宣舞中弘扬传统文化

20 世纪 80 年代初，札达县为了保护非物质文化遗产，让仁增旺姆负责宣舞舞蹈队，旨在让宣舞传承下去并且发扬光大。

1996 年，仁增旺姆入了党，当上了底雅村小组长。从那时起，在重大节日，仁增旺姆经常带着舞蹈队到底雅乡、札达县跳舞，舞蹈队优美的舞姿、美妙的歌声，使底雅宣舞的名声越传越远，成为札达宣舞中一朵靓丽的奇葩。

从 1997 年开始，政府每年发给仁增旺姆 5000 多元的务工补助，用以对宣舞传承的扶持。也就从那时起，仁增旺姆在心中默默告诉自己：宣舞是藏民族的一种传统文化，一定要把宣舞发扬光大，让人们在宣舞中感受藏文化的无穷魅力。

于是，她开始通过收徒的方式传承宣舞，弘扬藏民族传统文化。

扎西央宗是仁增旺姆的第一个徒弟，也是仁增旺姆手把手教出来的

仁增旺姆为文艺队演员整理服饰。永青　**摄**

宣舞“高手”。

今年45岁的扎西央宗中等个子，也是底雅村人，从十几岁开始，她就迷上宣舞，对仁增旺姆十分崇拜，一心一意想拜她为师。

看到扎西央宗的诚心，仁增旺姆便开始手把手地教她跳宣舞，从舞蹈动作到歌曲唱腔，从服装穿着到神情表达，她都耐心细致地一一传授。

在她的悉心传授下，扎西央宗进步很快，逐步成为宣舞骨干。现在，仁增旺姆已收了底雅村底雅组、马阳组、古让组、荣堆组4个组的旦珍旺姆、拉宗等20多名徒弟。

在传授宣舞技艺的同时，仁增旺姆还经常告诉徒弟们，宣舞是一门舞蹈艺术，它传承的，不仅是舞蹈，更是藏民族文化。我们要在宣舞传承中弘扬藏民族优秀传统文化，让宣舞这朵艺术奇葩，在中华文化大花园中尽情绽放，散发出沁人心脾的艺术芳香。

传承步伐永不停歇

仁增旺姆深深地知道，要吸引更多优秀人才加入非遗传承人行列，形成完备合理的传承人梯队，确保传承好、保护好、弘扬好、发展好中华优秀传统文化，光靠她一个人，宣舞是很难发扬光大的。因此，她发动徒弟们收徒弟，通过传帮带，让底雅宣舞走出底雅、走出札达，走向阿里、走向全区。

仁增旺姆的徒弟扎西央宗现在也收了徒弟德庆曲珍、央宗等，年轻人对宣舞的热爱，让宣舞队伍日益壮大。现在，底雅村全村 70 户 284 人，绝大部分人都会跳宣舞。

每年 4 月，在杏树花开的季节，仁增旺姆就带着大家一起在“康布堆庆”节上表演宣舞，那激动人心的盛大场面至今让她记忆犹新，那是宣舞学习、教授和传承的最好机会，也是宣舞普及的最佳时机。

2020 年，底雅村终于成立了自己的文艺队，仁增旺姆的徒弟和徒弟的徒弟们，成为文艺队的骨干力量。文艺队到底雅乡，到札达县，甚至到阿里地区表演，使底雅宣舞在阿里家喻户晓。

文艺队在外出表演时，以前每人每天有 200 元收入，现在，每人每天有 300 元的务工补贴，大大增加了群众收入，带动了群众增收致富奔小康。另外，仁增旺姆每年还有 1.1 万元的非遗传承经费，家里日子越过越幸福。

制作一套宣舞表演服装要 1000 多元，而且全是自己制作的，服装名叫“央鲁”。这也是非遗传承的一项重要内容，仁增旺姆不仅自己会做，也将制作技艺传给了徒弟们。

传承的步伐永不停歇。近年来，底雅乡不断加大非遗保护力度，非

仁增旺姆正在指导文艺队跳宣舞。永青 摄

遗文化得到最大程度的保护和继承。现在，札达县共有宣舞传承人 5 人，其中一名国家级宣舞传承人于 2022 年去世，现在要做的，就是在自治区级宣舞传承人中申报一名国家级宣舞传承人，这是宣舞传承的一件大事。

象泉河依旧奔腾不息，宣舞传承也会代代相传，这是一场没有尽头的接力赛，也是一场不断发扬光大的文化传承。

阳光下，年迈的仁增旺姆还在忘情地跳舞，一脸的虔诚、满腔的热忱，那是一个灵魂舞者对生命的赞美、对生活的热爱、对未来的期盼。作为非遗传承人，她的“宣舞人生”还在继续，她的非遗传承还在续写新的辉煌。

（张晓明 温凯 刘倩茹 洛桑旦增 达珍 永青）

什布奇：边陲村落的幸福模样

从札达县底雅乡向西出发，象泉河水在高山峡谷间蜿蜒奔流而去，底雅乡梯田里绿油油的青稞，在山风的吹拂下，掀起层层麦浪，成片的黄杏、苹果林将一座座藏式小院巧妙地掩映其间。美景相伴中，记者一行来到了坐落在半山腰的什布奇村什布奇组。

什布奇，藏语意为“太阳最后落下的地方”，什布奇组属于什布奇村的一个村民小组。近年来，在党的好政策扶持下，这个寄托着祥和幸福愿望的村落，有张幸福的模样——家家户户屋顶上飘扬着鲜艳的五星红旗，道旁枝繁叶茂的果树迎着阳光用力生长着，村里基础配套设施一应俱全，一栋栋藏式民居错落有致，房前屋后绿树成荫，孩童们愉快地玩耍……一幅社会主义新农村美好画卷映入眼帘。

次仁卓玛的“四代房”

穿过什布奇组的象泉河，一路奔腾咆哮。河岸的山坡台地上，一幢幢崭新的白色藏式房屋掩映在绿树林中，见证着边境村落的变迁。

58 岁的次仁卓玛，在什布奇生活了一辈子。

“我们家的房子经历了四次翻盖，第一代房子是我的父母在西藏和平解放前修建的土坯房；2005 年，在原址上利用国家兴边富民资金修

次仁卓玛家的第“四代房”。永青 **摄**

了土木房；2012 年，农牧民安居工程政策实施时，我们又建了砖瓦房。”次仁卓玛介绍说。

在次仁卓玛的印象里，家里的第一代房比较低矮，只有一个过道和一间 10 多平方米的房间。房门高不足 1.5 米，人必须弯下腰才能进去。房子没有窗户，以前做饭是用石头堆垒的灶台。没有床，一家人就打地铺。后来，家里盖了土木房，每层有 40 平方米，房间地面和墙壁都是夯土，围墙是碎石头垒砌的。

“2017 年以前，我一直住在这里。”在次仁卓玛的带领下，记者一行来到距她家新房百余米的第三代房屋旧址上。客厅和卧室是藏式风格的装修，还吊了顶，因天气和地质灾害原因，墙体已经出现裂缝。

2016 年，什布奇村边境小康示范村项目启动。按照人均 25 平方米的标准，次仁卓玛分到了一套独家小院，这是她的第四代房屋。推开门，院子里晾晒着次仁卓玛自家果园里摘下的杏子；阳光棚里暖意融融，各色鲜花开得正艳；屋内摆放着崭新的藏式家具，电视冰箱电脑等电器一应俱全。

“和平解放后，家里的房子就盖了 3 次，一次比一次好，现在我们家有 6 间房，150 平方米，钢筋结构的。”次仁卓玛一边招呼我们吃果脯，一边和我们聊天，脸上笑容满满。

“多亏了党的好政策，才有了今天的幸福日子！”她说。

近年来，随着固边兴边富民政策的实施，边境村庄基础设施条件显著改善，边民生产生活水平明显提升。次仁卓玛给记者算了一笔账：他们家三口人，儿子是乡村扶贫专干，女儿虽然有残疾，但全家边民补贴、草场补贴等政策性收入有 4.8 万元，家里还有 4 亩多果园，一家人年收入加起来有 8 万多元。

贡桑多吉的十年巡诊路

在什布奇村医务室，记者见到正在给派出所民警看诊的贡桑多吉。他穿着白大褂，面前桌子上摆放着常常翻看的藏文版《四部医典》医书，说话时脸上总带着浅浅的微笑。

贡桑多吉看病从“望、闻、问、切”开始。他一边撩开患者的外衣，手指在胃部区域轻轻按压，一边询问患者的饮食习惯和服药情况。

患者告诉记者：“我一直找贡桑多吉医生看病，他医术好、医德好，看病还很便宜，附近的人都愿意找他看病。”

81 岁的老奶奶达娃班宗，每每有个头疼脑热，都要来找贡桑多吉帮她看一看：“我只要生病，就认贡桑多吉医生。”

贡桑多吉，是什布奇村土生土长的村民，父母去世后以放牧为生。

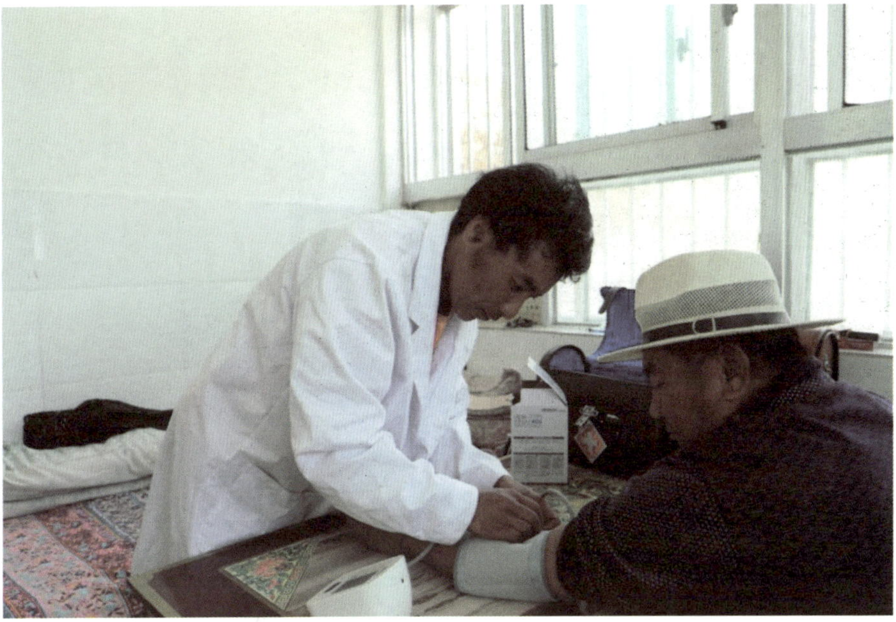

贡桑多吉正在给村民看病。达珍 **摄**

转变发生在他 27 岁那年。

2012 年，贡桑多吉开始学医。

学医很苦，但贡桑多吉不怕。刚开始给人治病时，由于不太熟练，遇到不懂的问题，贡桑多吉就给培训老师打电话请教。为了提高医术，他经常参加各种培训，平日里还通过网络和书籍自学，不断摸索总结经验。2016 年，贡桑多吉考取了村医职业资格证书。

慢慢地，他被村民所接受；渐渐地，他在村里有了名气。从医至今，贡桑多吉治疗过上千位患者。

入户巡诊，贡桑多吉坚守了 10 年。不管是深夜还是风雨交加的日子，只要病人需要，贡桑多吉都会背上医疗箱上门问诊，尽职尽责、满腔热情地为村民服务。

“现在医疗条件好了很多，村里有医务室，医疗设施和药品有地区

仁增曲珍正在采摘苹果。达珍 摄

卫生局帮忙解决，我们现在的好生活是党和国家给的，我们脚下的土地是我们伟大祖国的土地，我们边境群众守护着祖国的领土，而我来守护大家的身体健康。现在，我正加紧自学藏医知识，让大家今后看病更安心。”贡桑多吉告诉记者。

仁增曲珍的“致富果”

在什布奇组的一处果园里，一颗颗色泽金黄的杏子挂在枝头，仁增曲珍正忙着采摘。

什布奇村民大部分都在家里栽果树、种青稞。“在村里与在外打工收入差不多，大多数年轻人选择留在村里。”仁增曲珍介绍说。

21岁的仁增曲珍是什布奇组副组长，同时兼任什布奇组护边员。

“什布奇，包括整个底雅乡的水果在阿里地区都很出名。”底雅乡人大主席、什布奇村第一书记次仁坚参告诉记者，“这里日照充足，最高气温可以达到 20 摄氏度，老百姓又有种植水果的传统，近年来也取得了不错的经济效益，所以种植规模逐年在扩大。”

什布奇组每户都种有杏子、苹果、桃、葡萄等水果，最多的有 300 多株，最少的也有 60 多株，全组种植的各种果树超过 1000 株。2023 年，什布奇组的水果年产量达到了 4 万斤，销售 3 万斤，户均增收上千元。

“靠山吃山、靠水吃水”。林果业成为了什布奇村的支柱产业。

“种水果好啊，又好吃又能赚钱，光是在乡里，我们村的白杏能卖 15 元一斤、黄杏 10 元一斤、青苹果 14 元一斤，比种青稞强多了。”仁增曲珍家里种了 300 多株果树，她一边招呼记者尝白杏，一边乐呵呵地说。

据介绍，仁增曲珍家的杏子和苹果成熟后，销路主要来自县乡单位部门的预定、熟人的介绍和冻干水果加工厂的收购，2023 年，仁增曲珍靠销售鲜水果净收益 4 万元。除了销售水果外，仁增曲珍还将多余的水果制作成低度的水果酒，这也是一笔不小的收入。

谈到仁增曲珍一家的经济收益，除了卖水果，仁增曲珍一家还有边民补贴、护林员补贴、草场补贴等收入共计 6 万元。仁增曲珍说，虽然什布奇是西藏最偏远的边境村之一，但在这里，党和国家的好政策一样也不少，老百姓的日子过得不比别的地方差。

（刘倩茹 张晓明 温凯 洛桑旦增 达珍 永青）

孔雀河。洛桑旦增 摄

源头纪行之孔雀河

在喜马拉雅山脉北麓，一条宛如绿丝的河流静静向南流去，在群山环绕的河谷中形成了藏西高原难得一见的湿润气候，远处是雪山，眼前是青稞和油菜田。

在孔雀河孕育的这片高原绿洲上，我们采访组一行也感受到了久违的暖意。在与当地干部交流中得知，孔雀河源头处的泉眼位于一座外形似孔雀的小山，因此而得名。源头的位置距离县城 30 公里左右，由于夏季涨潮及雨季的原因，县水利局工作人员判断前往源头的土路可能已被河流冲散，只能徒步穿越近 6 公里的无人区才能到达。我们当即决定次日凌晨便出发，争取在天黑前返回。

凌晨 6 点，阿里的天空依然沉睡在黑夜里，我们一行 5 人驱车 20 余公里，来到了位于孔雀河上游的仁贡村，接下来就是考验笔者体力的 6 公里徒步路段了。行走在河谷上方平坦而松软的草甸上，徐徐的暖风拂过脸庞，满是惬意和轻松。

然而，徒步大约一公里之后，道路钻进了下方深邃的河谷里，齐膝的荆棘丛让笔者一行感受到了什么叫寸步难行；更令人绝望的是，步行了近 3 公里后，道路被河水完全淹没，人走进去连站都站不稳。

就在我们将要放弃之时，随行的县委宣传部干部巴桑罗亚提议，他和

孔雀河源头。达珍 **摄**

另一名当地干部返回起点处取车，开车涉水过来接我们。“水不深的，我们慢点开应该是没有问题的，你们三个在这里等着，我俩去试试。”巴桑罗亚说。

就这样，我们被迫分成了两路，记者三人在原地等候。在没有信号的无人区，人生地不熟的我们只能面面相觑，时间仿佛也被拉长了一般，宁静而空洞。

好在没有等太久，一阵引擎的轰鸣打破了河谷的寂静。两位干部靠着记忆，在没过半个轮胎的河流里逆流而上，与我们成功汇合——刹那间，心头的激动宛若久别重逢的恋人。

接下来的路程，完全考验汽车的性能及驾驶员的技术了，在无路可寻的河谷里，在湍急的河流冲刷中，车辆只能以几公里的时速艰难前行，无

孔雀河源头。洛桑旦增 摄

法防备的颠簸随时会让笔者的头与车顶来个亲密接触。

好在穿越一条极窄的河谷后，眼前忽然一片开朗，由茂密的灌木和清凉的泉眼组成的一只巨大的绿色“孔雀”，依偎在山坡旁，静静地注视着笔者一行——孔雀河源头终于到了。

在海拔 5400 米的喜马拉雅山怀抱中，在温润的河风吹拂中，孔雀河水从“孔雀”的头部喷涌而出，带着源头的绿意，一路南下，滋润了普兰这片“阿里小江南”，以及生活其间的万物生灵。

一切的疲惫与艰辛，在这世间罕见的美景中被洗涤一空，只剩下默默的凝视与赞叹。

（洛桑旦增）

仁贡：“孔雀”开屏幸福来

六月的阿里高原，天空湛蓝，绿意盎然，万物勃发。我们阿里采访组一行驱车来到普兰，来到孔雀河源头第一村——仁贡村。

仁贡，藏语意为“山沟沟”，距普兰县城29公里，平均海拔4200米。一进村庄，就见一幢幢崭新的白色藏式房屋，掩映在绿树丛中，清风徐徐、流水潺潺。清澈的孔雀河自北向南，缓缓流过村庄，宛若一条青色飘带，飘过峡谷，飘向远方。

孔雀河亦称马甲藏布，是普兰境内唯一一条外流水系，因源头山峰酷似孔雀开屏而得名。孔雀河源头马羊浦海拔5400米，出水口就像孔雀的嘴，而背后孔雀山和山腰灌木就像孔雀张开的羽翎。孔雀河在我国境内干流全长110公里，流域面积3058平方公里，流经普兰镇6个村居，从斜尔瓦流入尼泊尔，最后向南流入印度恒河。

古老的孔雀河，哺育了世世代代的仁贡人；今天的仁贡村，在党的政策光辉照耀下，焕发出无穷生机活力，就像孔雀开屏，开出幸福美好的生活，开出五彩斑斓的未来。

“搬出山沟沟，我们过上了好日子”

走进孔雀河畔的仁贡村阿岗组，记者见到一排排整齐崭新的白色藏

阿岗组搬迁前的旧房。温凯 **摄**

式民居。屋顶上，鲜艳的五星红旗迎风招展；笔直的水泥路面，干净宽阔；路旁的健身器材上，孩子们正在尽情嬉闹。

热情好客的仁青拉姆，把记者迎到她干净漂亮的两层楼家中。仁青拉姆今年 64 岁，是 2018 年从 4 公里外半山腰搬下来的 19 户扶贫搬迁户之一。得知记者想了解扶贫搬迁情况的来意后，开始还很拘谨的仁青拉姆慢慢打开了话匣子。

“我们家 4 口人，以前住的地方，只有一条土路，冬天大雪一封山就出不去了，水井冻住了，只能烧雪取水，孩子们上学要骑马送，生病出不去、看不了，住的房子也是土坯房，冬天冷飕飕的。”仁青拉姆说起以前，眼眶都红了。

地理位置偏僻、交通信息闭塞、自然灾害频发、冬季风雪严重，成为阿岗组发展的瓶颈。为了让群众过上好日子，2016 年，普兰县将仁贡村列为易地扶贫搬迁村，其中 14 户 75 人为易地扶贫搬迁户，5 户 26 人为同步搬迁户。

“根据政策规定，搬迁户每户 1 至 3 人的，建房 100 平方米，补助资金 18 万元；每户 4 至 5 人的，建房 127 平方米，补助资金 23 万元；每户 6 人以上的，建房 155 平方米，补助资金 28 万元。”普兰镇乡村振兴专干边巴普赤告诉记者。

按此规定，仁青拉姆家住房面积有 127 平方米，补助资金 23 万元。2018 年初，和其他 18 户搬迁户一起，仁青拉姆搬到了现在的新房里。

搬得出，还得稳得住。为此，普兰县加大资金投入，加快搬迁点水利、电力、邮政、移动、电信网络等设施建设，切实满足搬迁群众生产生活基本需要。截至目前，阿岗组道路通达率 100%、通电率 100%，宽带及邮政网点覆盖率 100%，村民饮水安全得到有效保障；村里设有卫生院，并配备 6 名医生，保障常用针剂药及口服药，解决了搬迁群众就医难、没药吃的问题；建立电子商务服务站点，确保搬迁群众能就地购买生活用品；学生享受国家三包政策，入学率达 99.5%，无控辍保学人员；搬迁点村民均参加了医疗保险。

稳得住，还得能致富。普兰县因地制宜促就业，目前阿岗组共实现就业 59 人，其中区内县外就业 4 人，周边企业就业 3 人，年人均增收 3000 元以上。

“我们家现有房子 13 间，一年收入 6 万多元，吃水有自来水，看病也不用出村，女儿仁增卓玛正在江苏南通职业技术学院读书，搬出山沟沟，我们的日子越过越好。作为一名有着近 40 年党龄的老党员，我真心地感谢政府、感谢党的好政策！”仁青拉姆拉着记者的手说。

“小康路上，一家一户都不能少”

在实现乡村振兴的新征程上，普兰县大力推进仁贡边境小康村建设，

加央次仁一家在客厅里调试新买的电视机。温凯 **摄**

把仁贡这个典型的半农半牧村，建设成为美丽幸福的边境小康村。

“2018 年至 2019 年，普兰县按每人 5 万元的标准，共投入资金 1300 余万元，建设仁贡小康村，每人住房面积不低于 30 平方米、不高于 50 平方米，仁贡村共有 48 户 260 人享受到此项政策。”边巴普赤对记者说。

仁贡村党总支书记加央次仁家就是其中的一户。

走进加央次仁家，左边是一个宽敞的露天庭院，树木葱茏，绿意浓浓；右边是一幢两层楼的新房子，房子旁边是暖意融融的玻璃阳光房，里面种着各种花草。

加央次仁今年 55 岁，家中现有 6 口人，妻子次仁普珍、大儿子斯达次仁和儿媳及两个孙子。

“以前，我们家有 8 口人，住的房子只有 8 间，面积也小；现在，我们家有 6 口人，房子 10 间，面积 290 平方米，建房时，政府为我们家补助了 40 万元。”加央次仁开心地说。

加央次仁大儿子斯达次仁在跑运输，每年收入 20 余万元，加上牧业收入等，一年下来，加央次仁家共有 35 万元收入。现在，家中买了一辆东风牌汽车、两辆皮卡车,洗衣机、电视机等各种家用电器一应俱全。

以前，仁贡村只有一条土路，晴天一身灰、雨天一身泥；现在，一条长 6 公里的水泥路贯穿全村；

以前，仁贡村吃水只能靠水井，人畜共饮；现在，家家通了自来水，既干净又卫生；

以前，一到晚上，村里漆黑一片；现在，村里装了太阳能路灯，晚上也是灯火通明……

“小康路上，一家一户都不能少。现在，仁贡村水、电、路、讯样样通，人均年收入达到 1.6 万余元，家家户户都过上了幸福的好日子。”加央次仁笑着说。

“共同富裕，才是我的初衷”

“一个人富了不算富,大家富才是真的富,共同富裕才是我的初衷。”这是仁贡村致富带头人次仁久美说得最多的一句话。

次仁久美是仁贡村阿岗组组长，一名老党员，今年 49 岁，个子不高，戴着一顶灰色帽子，黝黑的脸庞上堆满了笑容。

2016 年，次仁久美投资 20 万元，成立了孔雀施工队，在普兰县承包修路、修水渠、种草等项目，带动了 100 多人增收致富。

谈起成立施工队的初衷，次仁久美说，仁贡村村民思想观念比较陈

次仁久美的易地扶贫搬迁新居。温凯 摄

旧，不愿出门务工，虽然消除了绝对贫困，但很多人家里还是不富裕。看到这些，作为阿岗组组长的次仁久美心里很着急，思来想去，他决定成立施工队，带领大家一起致富。

于是，他自己出资 5.6 万元，帮助旦增罗布、曲尼等 8 名村民参加建筑技术培训。学成后，这 8 名村民作为技术人员，到他的孔雀施工队工作，每人每年增收 1 万余元。另外，凡到孔雀施工队打零工的村民，每人每天计发工资 230 元，带动扎西央决、次仁班久等村民在家门口就实现了增收。

现在，次仁久美家年收入达到 22 万余元，家里买上了 3 辆汽车，盖上了新房子，一家 4 口人，日子过得红红火火。

富裕起来的次仁久美，还经常帮助村里的曲英桑姆等困难家庭，给他们送去价值 2 万余元的砖茶、酥油等生活用品。

“次仁久美富裕了，没有忘记乡亲，带领我们一起致富，现在，大家致富奔小康的劲头更足了，仁贡村一定会越来越富裕！”村民旦增罗布信心满满地说。

孔雀河依旧缓缓南流，孔雀河畔的小康故事还在续写，这条古老的河流，带给源头第一村仁贡村的，不仅是昨日的灿烂辉煌，更是明天的幸福安康。

（张晓明 温凯 刘倩茹 洛桑旦增 达珍 永青）

多油：孔雀河畔的绿色名片

顺着巍巍纳木那尼山脚一路向南前行，几经盘旋，快到普兰县城之际，矗立在孔雀河谷之上的一大片平整坡地映入眼帘，坡地上洁白的屋舍、绿色的青稞、成片的树林，还有黄色的油菜花构成了一幅仿佛油画般的田园美景。

这里便是普兰县普兰镇多油村，藏西高原上为数不多的以农业为主、被称为“阿里小江南”的地方，一个让人身心愉悦、忘记缺氧的自治区级生态村。

绿色蝶变，有山有水

行走在多油村里，徜徉在孔雀河畔，记者惊讶于这里的绿化和整洁。每户人家的房前屋后均种有数目不等的新疆杨或普兰柳，让多油成为包裹在绿色中的村庄，而村道四周，几乎看不到任何垃圾，甚至一片纸屑。

“这都得益于2014年陕西省投入援藏资金1600万元，在多油村实施环境整治工程，一下子让全村的村容村貌发生了翻天覆地的变化。”多油村村委会主任扎西群培介绍说。

8年前，在一个行政村投入上千万资金开展环境整治，这样的手笔堪称大气，自此掀开了多油发展历史上的崭新篇章。

多油村（无人机拍摄）。洛桑旦增　**摄**

扎西群培说，当时多油村对 211 户家庭庭院、外墙进行了统一硬化、粉刷，拆除破旧房屋、实行人畜分离，动员全体村民对环境死角进行改造和绿化美化，完成全村住房周围、道路两旁植树造林、闲地栽花，规范处置生活垃圾。

成效立竿见影。当年，多油村便被评为“西藏自治区级生态村”，又在 2017 年启动了“阿里地区生态文明第一村”创建活动。村“两委”班子在过去的基础上，引导村民全面实施“十棵树计划”，鼓励家家户户种植大量树木，2019 年至今，全村每年种植树木 30 亩，绿化面积达到 4500 亩。

多油村自来水工程的启动，让群众告别了过去花两个小时去 3 公里以外的河沟取水的经历成为历史，如今家家户户可以直接用上清亮的自来水，污水也要经过处理后再排入孔雀河，全村生态文明建设和群众生产生活条件改善的步伐进一步加快。

采访间隙，微风袭来，引得成片的绿树摇曳轻摆，满含负氧离子的空气不禁让记者沉醉。

保护环境，有你有我

嘎玛加措的家位于多油村旁半山腰上，尽管屋子周边的地不算大，但他还是见缝插针地栽满了树木，院内种上了蔬菜和饲草，屋内则窗明几净、一尘不染，楼梯拐角处还养了十余盆花卉。

“国家投入这么多资金为村里改善环境，我们自己也要努力，保护来之不易的美丽家园。”嘎玛加措如是说道。

基础设施改善了，思想观念更要提高。多油村“两委”班子不断强化教育引导，向群众积极宣传生态环境保护意识，大力推进移风易俗、破除陈规陋习，修订完善了 32 条村规民约，制定了 6 条多油村村民环境保护公约，对乱扔垃圾和破坏环境的行为进行处罚和批评教育。

“刚开始还有个别群众受到了处罚，这些年几乎一个都没有了，反

游客在休林组农家乐里拍照。温凯 摄

而是随手捡垃圾的人多了起来。”嘎玛加措说道，言语中透着满满的自豪，“现在多油村不管哪里都看不到垃圾堆了，家家户户都像我家一样整洁干净。”

2020 年，多油村组建了环卫清扫队，安排 8 名环卫工人，每天打扫各自负责的区域，全村修建了 8 个固定垃圾收集点，各作业组也配备垃圾桶，做到了垃圾日产日清、统一处理。村里还成立垃圾兑换超市，鼓励村民进行垃圾分类，可用垃圾兑换奖品，并按照“户收集、村分类、乡转运、县处理”的模式进行垃圾处理。

近年来，多油村还以“河长制”为抓手，配合有关部门对辖区污染河道进行整治，确立水资源开发利用控制红线。联合驻村工作队，开展了化粪池建造入户的选址工作，项目建成后，将进一步提升群众的获得感和幸福感，加大全村的环境保护力度。

村美人富，有滋有味

站在高处眺望，休林组农家乐那几顶彩色的帐篷，在满眼绿色的树林草地间格外醒目。

今年年初，多油村休林组群众石确桑姆开始琢磨，如何利用多油村的大好美景，让别人的脚步留下来，让自己的腰包鼓起来。几经思考，最终她向村里申请兴边富民农家乐建设项目，承包了一块草地，支起了 4 顶帐篷，购置了藏式家具、棋牌酒水等，办起了全村第一家农家乐。

“马上学校就要放暑假了，加上村子离县城也很近，大人小孩都需要一个避暑玩乐的地方，相信农家乐生意一定会很好。”石确桑姆充满自信地对记者说道，“这几天我要赶紧把设施和物资再备齐一点，加大点宣传，到时候就能守着家门、看着美景挣钱了，想想都很开心。”

多油村曲登组群众达瓦加布正在和妻子自发捡路边的垃圾。
洛桑旦增 **摄**

曲登组群众达瓦加布则瞅准村里项目多的商机，早在 2018 年就牵头成立了桑吉多杰农牧民施工队，承接水渠、房屋、道路等修建项目，带动 20 多名乡亲在家门口就业增收。

“党和政府一直很关心我们村的生态环境建设，投入了不少相关项目，让我们施工队既能建设家乡，又能增收致富。”达瓦加布说，“大家在施工中，也格外注重保护环境，规范处理建筑垃圾，绝不破坏一棵树，一片草。”

如今的多油村，风景越来越美，村民的腰包越来越鼓，正昂首阔步在生态文明与经济发展互促共赢、奋力推进乡村振兴的康庄大道上。

这张孔雀河畔的绿色名片，正传遍雪域高原。

（刘倩茹 张晓明 温凯 洛桑旦增 达珍 永青）

赤德：风雪边境绽芳华

孔雀河仿佛带着怒气的孩子，急速淌过了山谷夹峙中的仁贡、多油两村后，到了普兰县城附近，一下子又放缓了脚步、换了个性子，变成了温柔的姑娘，孕育出了全县最为富庶的普兰盆地，这里盛开着金黄的油菜花。

赤德村坐落在孔雀河与支流扎拉河交汇处隆起的平坦高地上，与普兰县城隔河相望。远远望去，一幢幢白色的民居珍珠般地嵌于绿色的青稞田中，村级组织活动场所办公楼楼顶“固边稳村”四个大字在阳光照射下熠熠生辉。

无数个寒冬酷暑里，一代又一代的赤德村民兵始终把这四个大字记在心里，以无畏的勇气、坚韧的毅力为祖国巡边守边，在风雪边境线上筑起了一道道铜墙铁壁，彰显了我国边境一线群众的拳拳赤子之心。

边境一线铸忠诚

穿过麦浪滚滚的青稞田，顺着修通到每家每户的硬化路面，在一栋有着大院子的两层高的白色小楼前，记者见到了63岁的老民兵多吉加布。

尽管今天的他看起来身形微胖、略显佝偻，只是一个寻常的老人，

多吉加布与女儿一起看当年参加民兵的老照片。洛桑旦增 **摄**

但一张27岁当民兵的老照片，足以见证年轻时的他，是有多么英姿焕发、帅气逼人——那是在上世纪70年代，多吉加布响应祖国号召，前往赤德村通外山口驻守前留下的珍贵记忆。

“那会当民兵的条件确实很艰苦，帐篷、食物全靠自己背上山去，走到哪里累了，就在哪里生火过夜。”多吉加布说，“上去一次要20多天，而且没有一分钱的补助，全靠大家自觉。”

尽管如此，当村里召集民兵的时候，多吉加布和其他群众依旧争先恐后地报名，生怕自己在祖国需要的时候没能派上用场而抱憾终生。

值得多吉加布骄傲一辈子的是，他不仅圆满完成了各项任务，还在最关键的时候发挥了重要作用。

那是在某次执行驻守山口的任务时，一名穷凶极恶的歹徒突然闯入了他们的点位，准备将帐篷中的物资抢走。多吉加布与其他几名民兵发现后，与歹徒展开了殊死搏斗。

“当时我们每个民兵都配了枪支，也接受过射击训练，危急时刻，我一枪击中歹徒的腿部，将倒地不起的他成功抓获，交由相关部门处置。”说到这里，多吉加布的脸上洋溢着自豪的笑容。

经历过生与死的考验，多吉加布更加无畏与坚定，成为赤德村民兵中的典范和大家口耳相传的英雄。在为祖国戍边10余年之后，他卸下了这份沉甸甸的责任，返回家中陪伴妻儿。

时光荏苒，民兵们巡逻和驻守的条件已是今非昔比，而多吉加布也住进了2018年建成的、380余平方米的边境小康村新居，国家还免费为他们建了一个400余平方米的大院子。

40多年前，多吉加布在风雪的山口，在枪火声中守护着脚下这片土地的安宁与繁荣；40多年过去了，他住进了宽敞明亮的大房子，衣食无忧地安享晚年。

他把青春奉献给了祖国，祖国从不曾忘却；他把荣光留在了那个时代，时代也终将铭记。

纵然岁月苍老了容颜，但他每次不经意间眺望远方群山的目光，依然炯炯有神。

“懒汉”化身守卫者

提起白玛次旺，在赤德村那可是鼎鼎有名。

据赤德村党支部书记嘎玛扎西回忆，当年的白玛次旺懒到连自家的地都不种，整天喝酒，不务正业，就靠着国家的政策性补助维持生计。

为了帮助白玛次旺转变思想，赤德村“两委”班子和脱贫户轮番上门教育劝导，一次不行就两次，两次不行就三次，特别是随着“四讲四爱”群众教育实践活动的开展，白玛次旺终于开始盘算着换个活法。

赤德村（无人机拍摄）。洛桑旦增　**摄**

2017 年，白玛次旺不仅开始种地做家务了，更令人意想不到的是，47 岁的他甚至加入了赤德村“红袖标”民兵队。

“我们村规定 18—40 岁的男性都要义务加入民兵队，长期驻守卡点，人手很紧缺。村里见他转变得很积极，便试探性地征求他的意见，没想到他非常爽快地就答应了。”嘎玛扎西说。

2017 年 11 月，白玛次旺随着民兵队，人生中第一次来到了驻守的卡点，做的第一件事情，就是把卡点上挂了许久的国旗取下来，升起了一面随身带上山的崭新国旗，注视良久。

“如果没有国家政策性补助养着我，我可能都活不到现在，所以我想向祖国表达一下我的感恩之情。”白玛次旺说。

此后的日子里，白玛次旺在卡点上无论苦活累活都争着干，巡逻时也手举国旗走在队伍最前面，每天例行的两次巡逻从来没有落下过，让所有人都刮目相看。

从 2017 年底至 2019 年 6 月，除了每个月一两次下山采购物资、换洗衣物外，白玛次旺其余时间都在卡点上驻守，甚至没有请过一天假。

他说，这是为了把过去亏欠国家和村里的弥补回来。

在高海拔的卡点上连续待了一年半的时间，快50岁的白玛次旺身体终于扛不住了，在村里的安排下，从山上撤了下来。此后，尽管身在家中，但他始终心系卡点，遇到人手不足的时候，他依然会上去替大家值守。

白玛次旺年近半百重燃对生活的希望，承担起守护神圣国土的责任，这既是党和政府对他教育的结果，也体现了赤德这片土地戍边精神的传承。

热血青春洒边关

在赤德村某处通外卡点上，记者见到了正在这里值守的民兵巴桑。

这处通外山口，早晚刮着呼啸的大风，白天炙热的阳光直射地面，在这样冰火交织的天气里，被晒得皮肤黝黑的巴桑依旧笔直地挺立在帐篷外，一丝不苟地履行着值守的责任。

2011年，年仅19岁的巴桑带着满脸的稚气，怀着对祖国的热爱，正式加入了“红袖标”民兵队。到了2019年，被村里安排到卡点驻守。

“我们卡点所在地平均海拔4500米，过去不远就是山口和边境线，那里海拔超过了5000米，我们每天要到那里巡逻两次以上，每次3个小时左右。”巴桑对记者介绍道。

除了海拔高，巡逻线上很多地方根本没有路可走，只能手脚并用地爬上去，就这样走遍了边境线上的山山水水。每次巡逻回来，身上带点伤对巴桑来说已是习以为常的事了。

与白玛次旺一样，守卡期间，巴桑几乎没有下过山。从26岁到30岁，他把人生最美好的年华全部奉献在了卡点上，至今没有成家。

赤德村民兵正在巡逻。洛桑旦增 **摄**

日复一日地巡逻站岗，任谁都会觉得单调枯燥，更别提青春年少的巴桑了。“我也曾想过放弃，但看着那些年纪比我还大的民兵都在坚持，他们也反复地鼓励我，说这是我们赤德老百姓应该为国家做的事情，就重新振作起来了。”巴桑微笑着说，“在山上也没法去想成家这些事，只能回去之后再看吧，应该会有姑娘在等我吧。”

这就是赤德村的民兵，无论是年事已高的多吉加布，还是迷途知返的白玛次旺，抑或是风华正茂的巴桑，他们的生命中或许没有锦衣玉食、光彩照人，甚至说不出什么豪言壮语来，但却把忠诚与担当烙在了祖国的大地上。

我们今天看到的赤德村里所有的岁月静好，是因为有他们在边境线上的负重前行。

（达珍 张晓明 温凯 刘倩茹 洛桑旦增 永青）

西德：糌粑飘香致富路

7月的普兰，是一年之中最美好的季节。湛蓝的天空下，普兰县普兰镇西德村里的青稞长势喜人，随风轻摆；清凉的山泉水从田间淌过，最终汇入了奔涌的孔雀河。

据考证，远在象雄时期，得益于孔雀河谷独特的小气候，西德村出产的白青稞就因产量高、品质好，成为阿里历代国王专用的贡品，并得名为“嘎玛古多”——在藏语中是“籽粒既白又多”的意思。

20年来，为了充分利用这一资源禀赋，当地政府和西德群众，持之以恒地对青稞产业进行升级和优化，打造出了阿里地区规模数一数二的

西德村（无人机航拍）。洛桑旦增 摄

现代化白青稞加工厂，为西德村乃至全县乡村振兴和群众增收致富注入了澎湃的动力。

二十余年磨一剑

西德村旁，孔雀河畔，在绿色的青稞地和黄色的油菜花衬托下，西德稞原地食品有限公司数座白色的现代化厂房尤为醒目，院内的工人正忙着将打包好的西德白糌粑装车，准备送往普兰县城的各大销售点。

早在2002年，西德村就利用当地的资源优势，积极发展特色产业，建起了西德糌粑加工厂，成立了合作社，主营糌粑和油菜籽加工。目前，西德糌粑加工厂拥有厂房面积700平方米、水磨房14座、机房两座，以及炒青稞房等附属设施。

2018年，在陕西省第八批援藏干部的大力支持下，普兰县统筹安排援藏资金665万元，新建了糌粑加工厂房和糌粑饼干加工线，并成功申报西德白糌粑为“国家地理标志保护产品”。2019年，该厂又整合村里的清油和糌粑加工合作社，成立了西德稞原地食品有限公司。

百尺竿头，更进一步。2020年，普兰县投入边境基层供销合作社建设资金100万元，为西德稞原地食品有限公司新建了面包生产线。2021年，西德村“三委”班子研究成立了理事会，并制定完善了工作制度、财务制度和管理制度。

为了调整产品结构，提高产品质量，公司采取“走出去、请进来”方式，先后选派6名工作人员前往日喀则市学习糌粑加工技术，前往拉萨学习饼干制作技术，并邀请技术人员前来教授生产加工技术，让西德村群众足不出村就学到了先进的生产技术。

近年来，该公司紧紧围绕助力脱贫攻坚这条主线，充分调动群众参

普兰县群众在西德稞原地食品有限公司里采购糌粑饼干。温凯 摄

与市场、融入市场的积极性，进一步健全完善利益联结机制，将收益的50%作为企业承包方的资金，35%作为流动资金，10%作为建档立卡贫困户分红的资金，5%作为西德村集体经济收入，获得了较好的经济效益和社会效益。

“2021年，我们西德稞原地食品有限公司总收入达到了95万余元，纯收入有28万多元，给村民分红7万余元，获得了较好的经济效益和社会效益，得到了广大群众和社会各界的好评。”西德村村委会主任旦增顿珠说道。

足不出村能致富

沿着西德村田野坡地向下步行10分钟，记者来到了孔雀河岸边，

巴桑次仁正在将生产好的糌粑摆放入库。温凯 摄

只见一条人工修建的水渠，将欢快的孔雀河水引入到蓄水池，再带动一旁水磨房里的石磨昼夜不停地转动，把炒熟的青稞慢慢磨成细粉状的白色糌粑。

在充盈着青稞香味的水磨房里，记者见到了今年52岁的公司糌粑技术负责人巴桑次仁。

“就在前几年，我们家的主要收入还只是靠种田和国家补助，加上小儿子要读大学，生活一直富不起来。”巴桑次仁说，“没办法，我只能外出打工，经常一走就是好几个月，也照顾不了家里。”

好在这些年勤劳踏实的巴桑次仁积攒下了不错的口碑，2020年他被村民选举推荐，成为西德稞原地食品有限公司固定员工，担当起了糌粑技术负责人一职。平日里他除了亲自磨制糌粑，还负责为轮岗的村民指导教学，通过言传身教，让更多群众学到一技之长。

进入公司两年多来，巴桑次仁每月工资达到5100元，加上销售青稞收入、公司分红以及政策性补助，全家 2022 年总收入超过 12 万元。而且足不出村就能稳定就业，与家人团聚的日子更多了，家里的农活也能顾上了。

“我们磨出来的糌粑可香了，销路一直很好，地区和其他县的群众都过来买，还有一部分糌粑留作生产饼干和面包，口味也是相当不错，建议您尝尝。”巴桑次仁热情地对记者说道，身着白色工作服的他，一笑起来就露出了满口的白牙。

广开门路鼓腰包

美久拉姆的青稞地刚好位于公司大门正前方，因为采访当天没有轮到她来公司上班，因此她有时间来到自家的地里除草。

“我们家有 13 亩地，是村里土地面积最大的。”美久拉姆擦着额头的汗珠对记者说道，“在糌粑加工厂成立以前，家里每年收获的青稞要自己找销路，还卖不了几个钱，卖不掉的青稞只能屯起来第二年接着吃。”

除了种地，过去美久拉姆每天还要起早贪黑地放羊，一天走几十公里的路，格外辛苦。直到村里确立了以青稞产业为支柱，鼓励群众扩大青稞种植面积、提高青稞产量之后，她把家里的羊全部卖掉，一心扑在了种青稞上，再也不用风里来雨里去地放牧了。

如今，在西德稞原地食品有限公司的带动下，美久拉姆家种的青稞根本不愁销路问题。2022 年，公司以每亩 170 斤、一斤 2.5 元的价格对全村产的青稞进行了统一收购，每斤收购价高于市场价 0.5 元，让美久拉姆实现收入 5000 多元。

同时，作为公司糌粑作业组的一员，在村委会的统一安排下，美久拉姆每个月会去公司上 3 次班，每天的工资 100 元，到了年底，还能享受到公司给全村群众的分红。

据旦增顿珠介绍，公司每年轮流吸纳西德村群众前来务工，累计安排群众 235 人次，其中脱贫户 121 人次，实现劳务创收 33 万元，人均增收 1 千元左右。

“此外，在公司的带动下，普兰全县推广种植白青稞 3100 余亩，参与群众达 200 多户，实现群众增收 100 万元，脱贫户实现种植收入 31.6 万元，2021 年共收购青稞 28 万余元。”旦增顿珠说道。

近年来，随着西德稞原地食品有限公司的不断发展壮大，西德村群众的致富途径日益宽广，步入了种植青稞、公司务工、年底分红等多种增收方式铺就的康庄大道，形成了以产业为支撑的长效增收机制。

采访结束时正值黄昏，在地里劳作了一天或是刚从公司下班的西德村群众，三三两两地结伴回家，他们的神情尽管略显疲惫，却带着满足的笑容。

夕阳的余晖洒落下来，给青稞嫩绿的枝叶镶上了金边，也把他们回家的道路照得透亮透亮。

（永青 张晓明 温凯 刘倩茹 洛桑旦增 达珍）

吉让：用心浇灌团结花

今年 36 岁的阿布都，全名阿布都热依木·亚森，来自新疆喀什地区叶城县柯克亚乡。目前，他在普兰县普兰镇吉让社区生活有 20 年，这里已成为他的第二故乡。

早在 1997 年，阿布都的父亲和表哥就来到了普兰县，做干果、焦炭以及木材等生意。2004 年，阿布都在老家初中毕业后也来到了这里。二十年里，阿布都与吉让社区的居民朝夕相处，他一边干着老本行，一边创业实现致富，并与普兰各族群众互助互信、团结友爱，谱写着民族团结的动人篇章。

这些年来，阿布都先后荣获过阿里地区及普兰县民族团结进步模范个人等荣誉称号。

民族团结一家亲

在孔雀河畔，记者来到普兰县金地建筑工程有限责任公司，只见数十辆装载机、挖机、吊车等工程机械摆放得整整齐齐，颇有气势。公司创始人阿布都身材魁梧，炯炯有神的眼睛闪烁着聪慧热情的光芒，脸上总是挂着微笑。他在与我们打招呼后，开始讲述起了他创业的故事。

正所谓初生牛犊不怕虎。刚来普兰时，建筑材料运输生意方兴未艾，整个县城只有县交通局的一辆装载机可以运营，租借比较难。于是，他用售卖新疆干果、焦炭和建筑材料赚取的17万元，购买了第一辆装载机，并学习驾驶和操作方法，开始跑起了运输。

“当时，县城只有一辆装载机，实在是很不方便。”阿布都回忆道，“我有了装载机后，县上谁要是建房或修路需要用到装载机，都会来找我帮忙。”

之后几年，随着普兰县经济社会的蓬勃发展，各种工程项目日益增多，阿布都抓住商机，在2010年买了第二辆装载机，在2012年又买了一辆挖掘机……他越发觉得机械租赁的发展前景好，于是，2016年成立了普兰县金地建筑工程有限责任公司。

“公司在承包项目时，除了自己公司的员工，还会雇佣当地的老百姓，帮助他们增加收入。2023年承接巴嘎乡雄巴村修路项目时，我们公司雇用了吉让社区和赤德村的群众，他们一天能领到280元工资，去年年底还为雄巴村分红10万元。”阿布都笑眯眯地告诉记者。

目前，普兰县金地建筑工程有限责任公司的经营范围有建筑工程、路桥、水利、机械租赁和建筑材料销售等。公司拥有各种机械30多辆，员工也从最初的阿布都一个人扩展到了现在的35名，有汉族、藏族、回族、维吾尔族等，各民族员工情同手足、同舟共进，公司发展越来越好。

“我是从网上看到公司的招聘信息，后来被成功聘用，到现在已经开了两年多的吊车了，在公司不管有没有活儿干，每月不仅能领到1.4万元工资，而且包吃包住，来回路费也能报销3000元，福利相当不错。”来自四川简阳市的员工付炳勇高兴地说道。

在阿布都的公司里，各民族群众在共居共学、共建共享、共事共乐中增进友谊，民族团结的“石榴花”在这里常开长盛。

阿布都（左三）与员工正在查看工程车辆。达珍 摄

互帮互助暖人心

采访时，记者发现阿布都的藏语水平相当不错，与普兰本地的藏族干部群众沟通交流没有任何障碍。他告诉记者，刚来普兰县时，一开始是自己租住房屋的房东阿姨卓玛教他藏语，后来，卓玛的小儿子教他，日复一日，阿布都的藏语说得越来越好了。

“我自己也没想到能在普兰县待这么久，这里的老百姓都很友好，也交到了很多朋友，如今我的生活变好了，我要力所能及地帮助他们。”阿布都说。

早些年，阿布都不仅帮助普兰县群众把家里的牛羊运到新疆去卖，而且每年的春耕秋收季节，及时把小型拖拉机从新疆运到普兰，以相对便宜的价格卖给当地农户，有效提高了翻地种地的效率，2012 年之前，

阿布都在自己的粮油批发商店内。永青 **摄**

普兰县农户家中 80% 的小型拖拉机都是由阿布都从新疆运过来的。

一直以来，阿布都除了帮助老百姓增收外，还送去爱心帮扶，大家有什么困难，只要找到他，绝对是有求必应。

2015 年至 2017 年，普兰县连续三年组织“10·17 扶贫日”捐款活动，阿布都总是积极响应，累计捐款 3 万元。2018 年，他荣获了普兰县脱贫攻坚突出贡献奖。

2019 年以来，阿布都一直支持本地业余足球的发展，每年都会拿出 5000 元至 1 万元不等的资金，赞助普兰县业余足球协会组织足球比赛。

“阿布都对我们普兰县业余足球的发展一直很支持，比赛中的奖杯、矿泉水都是用阿布都赞助的钱购买的，我们非常感谢他。”普兰县业余足球协会成员洛桑由衷地说道。

自金地建筑工程有限责任公司成立以来，阿布都每年都会拿出部分收益，捐赠给包括吉让社区在内的普兰县多个行政村，用于向脱贫户购买大米、焦炭等生活物资。据不完全统计，累计捐赠资金已经超过60万元，在普兰传为了佳话。

产业兴旺助增收

走进位于普兰县赤德村阿布都承包的苗圃地，只见一株株苜蓿生机勃发，一棵棵柳树长势喜人，在原来荒芜的河坝中盛开出了一大片盎然的绿意。

“种苗和育人一样，不是一蹴而就的事，要做好五到十年持续投入的准备，才能见得到收益。”阿布都告诉记者。

2019年以来，阿布都租用了赤德村近100亩的空地，种植苜蓿、班公柳和普兰柳等100万株，成活率达80%。但由于阿里地区的夏季时间短，树苗生长速度很慢，5年后才能达到投放市场销售的标准。

“种了整整5年，我们今年才开始售卖树苗，主要用于种树和绿化项目，在今年的义务植树活动中，仅普兰县林业部门就购买了5000棵树苗，还有一些种树的商家购买了不少，共创收28万元。”阿布都乐呵呵地说。

阿布都的苗圃产业用地是从当地村庄租的，树苗是从当地群众手里购买的，工人也是从赤德村里雇来的，光这几项就能为当地群众增收不少。最开始种植树苗时，阿布都从自己的老家专门请来6名技工，从选苗、种树、维护等方面手把手地教授当地群众，让他们不仅从中增收，更掌握了一门实用技术。

“我跟阿布都认识十几年了，他每次需要工人时都会找我们村民，有活都是大家轮流干，去年在苗圃基地工作，不仅每人每天有300元工

阿布都承包的苗圃地，一片郁郁葱葱。温凯 **摄**

资，而且大家还学会了育苗技术。”赤德村村民加参告诉记者。

此外，2021 年 4 月，阿布都还承包了赤德村奶牛养殖基地。基地有 28 间房屋和 50 亩牧草种植地，最开始基地不通水电，条件很差。阿布都通过努力争取乡村振兴项目，奶牛养殖基地实现了通水通电，他还投资 200 万元，新建了 1000 平方米牛圈、500 平方米草房。目前，养殖基地里饲养了 108 头牛，主要以销售牛肉的方式创收。

“我来基地放牧有3年了,在这里工作包吃包住,来回路费也能报销,一个月有7000元工资,我非常满意。”来自新疆的维吾尔族群众艾力·努尔麦对记者说。

20 年来，阿布都始终怀着一颗赤诚之心，书写着民族团结一家亲、手望相助共和谐的感人篇章，让民族团结之花在孔雀河畔绚丽绽放。

（永青 温凯 洛桑旦增 达珍）

科迦：护国利民　同心同行

孔雀河沿喜马拉雅山北麓顺势南流，穿过阿里地区普兰县城，流经科迦村，最后从斜尔瓦山谷进入尼泊尔境内。从普兰县城出发一路向东南，平整宽阔的公路蜿蜒向前，大约行进 15 公里，便看到一片错落有致的建筑群坐落在孔雀河左畔，科迦寺到了。

科迦寺门顶上五星红旗迎风飘扬，寺院内，一场区地两级宗教界“三个意识”宣传教育活动正在举行。自治区党委统战部副部长阿努次仁，阿里地委统战部副部长、地区民宗局党组书记旺久分别就“三个意识”宣传教育开展的重要性和必要性，如何提升改进寺庙管理、依法管理宗教事务、广大僧尼争做“四好僧尼”等内容进行了详细生动的宣讲与阐释。

科迦寺管委会干部和广大僧众听着听着，不由得心潮澎湃、热血沸腾。广大僧人纷纷表示，将牢固树立国大于教、国法大于教规、公民大于教民的理念，增强“国家意识、公民意识、法治意识”，做政治上靠得住，爱国进步、永远听党话、跟党走；宗教上有造诣，精进修学、推进藏传佛教健康传承；品德上能服众，守法遵规、弘扬济世利民优良传统；关键时起作用，立场坚定、坚决维护祖国统一和民族团结的好僧人。

爱国爱教，铸牢中华民族共同体意识

科迦寺是普兰镇科迦村的重要景点，有着近千年的历史，历来享有盛名。

“每当遇到重要活动举行升国旗仪式时，科迦寺里国歌奏响，国旗缓缓上升，我们心中不由得升起满满的自豪感。”科迦寺管委会主任欧珠贵吉说。

走进科迦寺学习室，显眼处挂满了民族团结进步创建模范单位荣誉牌。欧珠贵吉说：“增强国家意识，首先要求我们具有爱国情怀，爱国是信仰的一部分，铸牢中华民族共同体意识是不懈追求。”

多年来，在各级党委、政府的领导下，科迦寺高举爱国爱教的鲜明旗帜，提高藏传佛教中国化水平，管委会、寺庙僧人和信教群众团结一心，共同书写了新时代民族团结进步的新篇章。

作为民族团结的宣传教育阵地，科迦寺管委会将民族团结进步创建、“遵行四条标准、争做先进僧尼”教育实践活动与当前全区正在开展的“三个意识”宣传教育活动有机结合，为促进宗教和顺、社会和谐、民族和睦，不断夯实宗教领域共同团结奋斗的思想基础而不懈奋斗。

通过开展“三个意识”宣传教育活动集中宣讲、“一对一”“面对面”宣讲、结合“民族团结进寺庙宣教活动”等，在寺院中打造民族团结主题公园，设置社会主义核心价值观展板等多种形式，使“三个意识”思想内涵入脑入心。

欧珠贵吉介绍说：“一直以来，科迦寺管委会精心组织安排广大僧众开展热爱祖国，拥护中国共产党的领导，维护祖国统一、民族团结、社会稳定等各类教育活动，牢固树立‘三个离不开’思想，不断增强‘五

科迦寺驻寺干部正在为僧人开展国家通用语言文字培训。达珍 **摄**

个认同’的自觉性。”

除了参加各种爱国主义教育活动外，广大僧众还积极投身到社会公益事业中，积极向地震、水灾等受灾地区捐款捐物。2020年新冠疫情发生后，在做好自身疫情防控工作的同时，科迦寺第一时间向武汉捐款价值达10万余元的物资，用实际行动诠释了中华民族一家亲的浓浓情谊。

“没有国家，哪来现在的幸福生活！我们是僧人，也是中国人。守望相助、手足情深，是藏传佛教的优良传统，我们要宣传好、引导好各族信教群众像石榴籽那样紧紧抱在一起，主动参与管委会组织开展的各类活动，做到‘你中有我，我中有你’。”僧人萨祖说。

自豪感升腾，争做合格公民

僧人索朗仁青1990年到科迦寺出家以来，在寺中已经度过了32个年头。2020 年，索朗仁青任科迦寺管委会副主任。

对于如何看待增强公民意识，索朗仁青有着自己质朴的理解："我们国家强大，作为中国人由衷感到自豪，要做一个好僧人，先做一个好公民。"

索朗仁青告诉记者，近年来，党和政府出台的各种利寺惠僧政策，不仅让每名僧人都有舒适的僧舍居住，实现了"九有"工程全覆盖，极大改善了寺庙基础设施和公共服务条件，还新建澡堂、数字信息化展厅等项目，全体僧人在生活中切身感受到了党和政府的温暖。尤其把僧人纳入社会保障体系，让他们充分享受到了医疗和养老保险等待遇，切身体会到了当下的幸福生活。

索朗仁青还告诉记者，近年来国家先后投资 1000 多万元，坚持"修旧如旧"的原则，对科迦寺壁画、佛像、大院地面、主殿等进行 3 次大型修缮。

科迦寺驻寺干部正在与僧人交流国家通用语言文字知识。永青 摄

索朗仁青在亲历僧人和寺庙变化的同时，也见证了科迦寺所在的科迦村的发展变化。

“以前，科迦村除了寺庙周围的居民建筑和政府单位外，几乎看不到公路、街道和商店。随着国家的日益强盛，科迦村也得到了持续发展，我们身处的边境村镇，更加感到作为中国人的自豪。”索朗仁青说，近年来，科迦村群众在政府的各项惠民利民政策下，通过经营商店、家庭旅馆、运输业等，生活条件得到了很大改善。

“如今，人们衣食无忧、宗教信仰自由、民族团结，这要归功于党和政府的好政策，我们作为中国人，作为僧人，要与时俱进、伴随时代而进步，用社会主义核心价值观引领和启发信教群众，同心同向、向善而行。”索朗仁青说。

党和政府给寺庙和僧人带来的获得感幸福感安全感，调动了僧人爱国守法的自觉性和主动性，广大僧众弘扬爱国精神，争当合格公民，对社会主义大家庭的归属感日益强烈，确保了科迦寺持续和谐稳定。

学法守法用法，法治意识入脑入心

习近平新时代中国特色社会主义思想、中央民族工作会议精神、中央第七次西藏工作座谈会精神、习近平总书记在西藏考察时的重要讲话精神，以及西藏地方和祖国关系史、铸牢中华民族共同体意识、反分裂斗争……科迦寺管委会办公室里，厚厚的学习宣传简报整齐码放在文件架上。

今年上半年，科迦寺管委会组织僧人开展了《宪法》《民族区域自治法》《宗教事务条例》《藏传佛教活佛转世管理办法》《遵行四条标准》等法律法规知识宣传教育学习。欧珠贵吉说：“平时僧人很少接触宗教知识以外的学习内容，对僧人开展集中学习法律等相关知识的培训，对僧人的知识结构是有益的补充。”

做好僧人教育引导工作，科迦寺管委会注重在“导”字上下功夫。科迦寺管委会紧密结合“三个意识”宣传教育活动，将“寺庙书屋”“八五普法宣传站”“国家通用语言文字学习室”等各类普法阵地统筹组合，建立“科迦寺一体化宣教活动室”，用于集中开展普法宣传教育。

在法律知识宣传教育中，科迦寺管委会采取宣讲、座谈、“以案释法”、发放资料等多种形式，让法律、政策进寺庙、进寺规、进僧人头脑，引导僧人不断增强国家意识、公民意识、法治意识。

在管理服务中，教育引导僧人遵守宪法法律，持戒潜心修学，坚持“以法治寺、以戒管僧”，健全寺庙管理规章制度，修订完善寺规僧约，力求导之有方、导之有力、导之有效。教育引导寺庙僧人及信教群众在法律规定范围内依法依规开展宗教活动，自觉主动加强有关宗教事务法律法规的学习，提高法治意识。

广大僧人普遍认为，作为新时代的僧人，要提升宗教上的造诣，尊法、学法、守法、用法，加强法治观念，严格要求自己，严守寺庙的规章制度，为推动藏传佛教与社会主义社会相适应作出应有贡献，做一个爱国爱教、遵规守法的好僧人。

如今，科迦寺沐浴着党的民族宗教政策的阳光雨露，感党恩、听党话、跟党走已经成为全寺僧众的共同追求，国大于教、国法大于教规、公民大于教民观念日益深入人心，正为落实“四件大事”、推进“四个创建”“四个走在前列”，推进阿里长治久安和高质量发展凝聚共识、汇聚力量。

（刘倩茹 张晓明 温凯 洛桑旦增 达珍 永青）

斜尔瓦：此生无悔戍边人

孔雀河一路向南，蜿蜒迤逦，在淌过平坦丰美的普兰盆地后，两岸山势骤然变得高耸起来，夹带着咆哮的浪花，从位于普兰镇科迦村斜尔瓦组境内的 9 号界碑处奔涌而过，冲向了邻国尼泊尔。

斜尔瓦组坐落在这段峡谷左侧的半山腰上，是一块略微倾斜的平地，其间有清澈的溪流淌过，滋养了一丛丛随风轻摆的普兰柳，掩映着 21 户散落其间的雪白的边境小康村新居。

这里是祖国的大门，这里的人们血液中流淌着“为国戍边”四个大字，如同基因一般，一代代地血脉相承。

父辈的传承一代代

28 岁的尼玛顿珠是生于斯长于斯的斜尔瓦人。从记事开始，身为民兵的父亲边巴次仁就隔三差五地挥别母亲和自己，独自一人走出家门，前往边境线上巡逻。

“小时候父亲经常对我讲，这里是我国的边境第一线，我们一定要为祖国守好国门，看好国土。”尼玛顿珠说道，“将来他老了，守边的责任就交给我了，我老了之后，这个责任就要传给我的孩子，然后一直这样传下去。”

斜尔瓦组（无人机拍摄）。洛桑旦增 **摄**

在父亲的言传身教中长大，尼玛顿珠从 18 岁起就参加了村里的民兵队，在科迦村的边境线上和重要卡点，都留下了自己的足迹。

尼玛顿珠告诉记者，斜尔瓦组往上翻过一座山就是中尼边境线，他们每次都要在两座界碑之间来回走上 4 个多小时，才算完成一次巡逻，此外村里还有几处通外卡点，也需要民兵常年驻守。

一晃十年过去了，今天的尼玛顿珠早已不再是当年那个看着父亲离家的背影而略显懵懂的少年了，他不仅组建了自己的家庭，还当上了村里的团支部书记和民兵负责人，管理着全村 20 多名民兵，成为了父亲希望他成为的男人。

“将来我的孩子可以离开斜尔瓦，但如果留下来了，也一定要去当民兵。”尼玛顿珠站在屋前对记者说道。

在他前方的山谷里，传来孔雀河滚滚的涛声，河对面便是尼泊尔境内陡峭的高山，而他的双脚，坚实地踏在祖国的土地上。

无悔的选择为祖国

在尼玛顿珠的带领下，记者一行来到了科迦村某处通外卡点，见到正在这里值守的民兵才旺多吉和仁增尼玛。

“我们每次守卡都是 10 天一次，今天是第 4 天了。”高个子的才旺多吉笑着对记者说道。

科迦村规定，凡是本村 18—35 岁的男性，都必须义务参加民兵，而才旺多吉和仁增尼玛的年龄分别达到 38 岁和 44 岁，早已超过了民兵的正常“服役”年纪。

原来，现在正值夏季农忙和外出务工时节，家家户户的青壮年人手都不足，因此只能把这些超龄民兵请回来帮忙，这种情况在科迦村十分普遍。

尼玛顿珠介绍道，每个适龄民兵每年守卡大约有 8 次，超龄民兵则有 4 次左右，而且这 10 天里，吃住全在卡点上，原则上不能回家、不能请假，就算有急事要离开，也必须找好替换的人才行。

就在两天前，才旺多吉家里有事必须要回去，临时找不到人顶替的他，只能叫来妻子，替自己值守了一天。

“守卡不仅是年轻人的责任，也是我们中年人的责任，更是全家人的责任。”才旺多吉说，当了这么多年民兵，大家都很有经验，会在守卡之前提前把家里安顿好，把家务活尽量干完，才能后顾无忧地来到卡点上。

守卡期间，除了生活不便、无法照顾家庭之外，民兵的收入也直线下降。尽管每个民兵每天有 120 元的补助，但是比起外出务工动辄 300 元一天的工资，还是差距悬殊。而且有的务工机会一旦错过，就算从卡

尼玛顿珠与民兵在卡点巡逻。温凯 摄

点回来，也很难再找到。

尽管如此，尼玛顿珠每次在安排民兵守卡的时候，不管是适龄还是超龄民兵，都从未出现过推诿拒绝的现象。他建了一个民兵微信群，每次只要在群里一通知，被安排到的人都会准时出现在卡点上，风雨无阻、无怨无悔。

大家都说，这点收入的损失，比起祖国边境线的稳固实在是微不足道。

“只要身体允许，只要组织需要，不管 50 岁还是 60 岁，我还会来守卡。”才旺多吉说道，黝黑的脸庞上再次绽放出笑容来，映衬着卡点上高挂的五星红旗迎风招展，猎猎作响。

幸福的生活花样红

记者采访尼坞顿珠的那天，恰逢2022年高考成绩放榜，他的妹妹米久拉姆在一旁坐立不安地抱着手机，等着中午1点30分的成绩出炉。

18岁的米久拉姆，从小学开始一直到高三，都享受着国家的“三包”政策，家里没有出过一分学费。高中更是考上了广东的西藏班（校），从此走出了大山。

“要不是祖国给了我这么好的学习和生活条件，可能我现在还在山上放羊呢。”活泼的米久拉姆笑嘻嘻地说道。

我为祖国守边防，祖国帮我过小康——这样的事情在斜尔瓦绝对不是一句空话。

2019年，科迦村启动边境小康示范村建设，尼玛顿珠一家5口人享受到了国家补助总计25万元，加上自筹资金，住进了今天250平方米的独家独院的别墅式新居。勤快的尼玛顿珠还自费3万元，在屋前盖了一个30平方米、连瓷砖都是从拉萨运来的舒适暖廊，里面种满了花草，养了一只可爱的泰迪犬。

平日里，尼玛顿珠一家享受着全年总计3万余元的各种国家政策性补助，作为科迦村团支部书记的他每年有1.8万元的工资，还买了一辆东风车在科迦村经合组织里跑运输，每年收入5万元以上，妻子在普兰县仁贡村当乡村专干，也有稳定的工资收入。

去年，尼玛顿珠又买了一辆越野车，全家人出行更加方便了，真正过上了有车有房、不输城里人的小康生活。

“习近平总书记在中央第七次西藏工作座谈会上作出的要加强边境地区建设的重要指示，给我们老百姓带来了莫大的激励，现在大家都知

尼玛顿珠与妹妹米久拉姆准备开车出门。温凯 摄

道，只有祖国的繁荣昌盛，才能带来个人的幸福安康。”尼玛顿珠由衷地说道。

对于尼玛顿珠和千千万万的边境一线老百姓来说，生在边境线、身为戍边人，既是一种使命和责任，更是一种幸运——幸运的是背后有强大的祖国，幸运的是恰逢这个伟大的时代。

他们的幸运，如同尼玛顿珠暖廊里的芍药一般，花开正艳。

（温凯 张晓明 刘倩茹 洛桑旦增 达珍 永青）

源头纪行之马泉河

马泉河源头是四大河流源头中最难抵达的所在。

从普兰县霍尔乡政府所在地贡珠村出发，沿着国道219线，朝着日喀则方向驱车半个小时，再向右转到砂石路上，颠簸两个多小时之后，才能来到群峰夹峙的马泉河上游河谷，路尽，弃车。

而此时，还要在海拔5000多米、满是砾石的河谷里徒步4公里才能到达源头。

最后这4公里的徒步路段，笔者沿着马泉河两岸一路向上、来回穿梭，多次在石块间蹦跶，淌过寒冷刺骨的河水，鞋子全程就没有干过。遇到陡峭的地方，必须手脚并用才能攀爬上去，稍不注意，就会掉下崖壁，被咆哮的河水冲走——这对于平日甚少运动、体重超标、烟瘾较大的笔者来说，属实是一趟艰苦的跋涉，不得不一路喘着粗气，而携带的数瓶氧气罐早在半途就吸了个精光。

更令人惊喜和紧张的是，途中我们还偶遇了一头如汽车般大小的黑色野牦牛。据同行的乡干部分析，它可能是刚产了幼崽，正趴卧在距离两三公里外的一处凹地里，死死地盯着笔者一行。

“千万不可惊扰了它，大家快速通过。”乡干部悄声招呼着。

霎那间，笔者明显听到了自己澎湃的心跳声。在体力不支、道路不畅、

喷涌而出的马泉河源头。洛桑旦增 摄

高寒缺氧的情况下，真要被野牦牛冲撞过来，那可是打不过、跑不过，只能听天由命了。

万幸的是，野牦牛最终放了大家一马，让笔者有幸一睹马泉河源头的真容。

在一座形似马头嘶鸣的雪峰半山坡处，马泉河水从一口直径约 1 米的泉眼喷涌而出、凌空洒落、水量惊人，情景仿似自来水主管道爆裂一般，颇为壮观，由此形成了这条阿里地区四大河流之一。

而流到日喀则市的萨嘎县之后，它有了另一个更广为人知的名字——雅鲁藏布江。

最后，笔者几乎是拖着双腿、抱着绝不能死在这里的信念走回去的，这一趟徒步行程往返总计花费 8 个多小时。到达车前的第一件事，就是生火烤袜子，然后心里暗自庆幸，苍天有眼，没有让前来写报道的人，成为被报道的对象。

返程途中，笔者乘坐的车辆陷入了沼泽，拖车出来又耽误了时间。

直到次日凌晨两点过，笔者一行才抵达下榻的酒店歇息，此时早已饥寒交迫、双腿麻木。

对于某些户外探险爱好者来说，探秘马泉河源头是一场值得的旅行，涵盖了雪山、湖泊、河谷、草原等西藏独有的磅礴景象，绝对的视觉盛宴。

但请注意友情提示：野牦牛危险，注意保暖，切忌单车出行，源头处无手机信号，最好在当地干部群众陪同下前往。

而对于笔者这样的文字工作者来说，只能借用一句名言作为结尾：

因为源头就在那里。

（温凯）

马泉河上游——杰玛央宗曲。尼玛顿珠 摄